阅读，认识你自己
Lege, temet nosce

原来我们
都
没长大

ボクたちは
みんな大人になれなかった

燃え殻

〔日〕燃烬——著　烨伊——译

北京联合出版公司
Beijing United Publishing Co.,Ltd.

目　录

_向我最爱的丑女发出好友申请

只知道网络昵称的女孩在我面前脱光了衣服。她叫我的时候只用一个"喏",想必也只记得我的职位。

枕边的有线广播开始播放宇多田光的 *Automatic*。"喏,听起来很怀念吧?"这首歌流行的时候她肯定还是个孩子,此刻却轻轻哼着它,解开文胸的挂扣。我刚把自己扔到铺着雪白床单的床上,她便只穿一件内裤跨了上来。我要的是她的身体,她要的则是一份回忆。

这家六本木大道上的酒店颇有设计师公寓的风格,房间里只有一盏灯照明,光线暗淡。我刚主持了一场电影界人士的聚会,也许是紧张的缘故,六杯香槟就让我醉意朦胧。身体已经有了反应，奈何睡魔却无情地袭来。若是二十几岁的我听说今后的自己也有欲望被困意支配的一天，一定想给现在的我当头浇下一大盘意大利面。女孩仿佛跟我是故交似的，滔滔不绝地讲着自己的经历、年龄、交往过的名人等琐事，我却根本无从确认她哪句话是真、哪句话是假。

"喏，给你看这个。"她将手机拿给我看。照片是在打着廉价灯光的工作室里拍的，她穿着白色泳装趴着，泳装明显过紧了。"我还当过写真偶像呢。"她这句话总算可信了些。看来这个在聚会现场给宾客倒酒的女孩是所谓的女演员苗子。我和影视公司制片人闲聊的时候，她一直笑意盈盈地端着盛着玻璃酒杯的银色托盘，制片人刚一离席，她就和我搭话："我读了你前阵子刊登在 *BRUTUS* 上的采访。"此情此景，饶是挂着"美术导演"的称号、在影视圈混迹多年的我，也中了派对的魔。

名演员、音乐家、电影人等影视圈的熟面孔，以及不清楚职业、奇装异服的人们在我和她身后不断交换名片、拍照留念。

这个世界就像逐渐沉没的"泰坦尼克号"。船上到处是想尽办法多活一阵子的人、分开人群寻找救生船的群众、死到临头还不愿抛下权力的死硬派、静静等待死亡到来的老人、在绝望的深渊里将命运绑在一起的男女、演奏到最后一刻的艺术家。不绝于耳的乐声中，不知是谁大声招呼着谁，女人的笑听起来像在悲泣，重重声音包裹了整个会场。

"你在推特（Twitter）上回过我消息，你应该……不记得了吧？"

她用从紧身裙后面的口袋里拿出来的手机，给我看了那条消息。我完全没有印象。

"欸，给我留言的人居然长得这么漂亮啊！吓我一跳呢！""嗯？讨厌啦！人家好开心！那张照片好看吗？""啊，挺好看的。"她将手机调成自拍模式，随即挽住我的胳膊："来，茄子——"做完这一套全会场都在重复的仪式后，她压低了声音说，"我给你发私信哦。"说完这些，她又换上笑意盈盈的神情，消失在会场中。等到客人三三两两地离场，我的手机响了。

"'上次拍照的时候，你穿的就是这件衣服！'人家这么说，然后给了我一卷卫生纸。你说怎么会有这种事呢？"她边说边关掉房间的灯。四片嘴唇相碰之前，她像是要确认什么似的放缓了声音，"我好像除了自己，没有其他喜欢的人了。"屋里暗了下来，只有窗外夜景的那点光亮。"我也是。"我又撒了谎。我这样不堪的人，也有过想俘获芳心的中意对象的想法。"以自己的感受为重的人很多啊。"我移开视线，说些无意义的话来掩饰尴尬。

"啊，东京塔——"

她两手捧住我的脸，亲了上来："东京塔比天空树更色情，我喜欢它。"做了夸张美甲的手指开始抚摩我的身体。理性和困意被赶跑的前一秒，她总算说了一句真话。

"我想成为谁都忘不了的女演员。"

迎来今天第一波早高峰的日比谷线列车离开六本木，朝神谷町站驶去。地铁昏暗的车窗上映出我的脸，毫无疑问是一个四十三岁的男人。真是岁月不饶人啊！我一面感叹，一面在包里找手机。和助理约好在惠比寿见面，他昨晚打了好几通电话，但我一直没看手机。现在已经迟到十多分钟了，再不发一封邮件给自己找个借口就不合适了。心里这么想着，手上却习惯性地点开了脸书（Facebook）。

车厢摇晃，一个女用户的头像连同一句系统提示"你可能认识的人"映入我的眼帘。我抓住吊环站稳身子，目光自始至终没离开那个页面。这个女人，我曾喜欢她胜过喜欢我自己。

"小泽（加藤）薰[1]"——好久没有看到这几个文字排列在一起了。

满载乘客的列车准点驶入神谷町站开始滑行，车门打开，要下车的和被挤下来的乘客如雪崩一般涌向站台。我没能下车，一面避开人流，一面专注地浏览"小泽（加藤）薰"的页面。车门关闭，车厢里没空出多少地方，地铁朝霞之关驶去。我终于回过神来，给助理发了一封邮件："我有点事走不开，晚一点到。"

那个对我来说比自己更重要的人，很喜欢不定好去哪儿就出发。我们曾一起坐上开往东北[2]的新干线，却不知道要在哪站下车。她最不能忍受别人说自己老土，我常陪她参加一些前卫得过了头的活动。传单和海报花里胡哨的烂电影、烂舞台剧——这些玩意儿，我们也不知一起看了多少。

现在我还会时不时想起她。我们最后一次见面是1999

---

[1] 日本女性一般会在婚后更改姓氏，随夫姓。所以，有的人会在社交网络上同时列出两个姓氏，一个是自己原本的姓氏，另一个是婚后的姓氏。

[2] 日本的"东北"多指位于日本本州岛东北部的青森、岩手、宫城、秋田、山形、福岛这六县。

年的夏天，地点是涩谷的 Loft[1]。她说她想去买唇膏，就约我出来，约会过程平淡无奇。分别的时候，她说："下次带CD 给你哦。"那就是我和她的大结局。电视剧里，无论结局是分手还是大团圆，总会在第十二集里把角色之间的关系厘清。但在现实生活中，她的最后一句台词竟然是"下次带CD 给你哦"。

她在脸书上写了很长一篇文章，讲她是怎么与丈夫认识的。原来那时候，她已经认识现在的丈夫了。

马克·扎克伯格[2] 让我们得知关心的人的近况。曾经那么讨厌别人说自己土的她传到脸书上的夫妻合照土得掉渣。可那些土里土气的日常片段，却是无比坚实的幸福，映得我头晕目眩。

我的手指在她的账户页面滑动，日比谷线忽然驶入黑暗。手机不断弹出即时消息，提醒我助理发来一封封邮件。从她的脸书上，我得知她每天都围着皇居跑马拉松，为了控制体重，半年都没有去吃"一风堂"[3] 的拉面。

她没有写真偶像那样劲爆的身材，也没有什么野心，

---

[1] 主售日用品和文具的大型连锁商店。

[2] Mark Elliot Zuckerberg（1984— ），Facebook 创始人兼首席执行官。

[3] 日本知名快餐拉面品牌。

平时很爱笑，也很爱哭。我在饭局上喝醉的时候，一不留神说出许多她的事情，别人还以为她一定是个大美女，其实她是真的长得很丑。而我也一度以为，她的优点只有我能欣赏。

涩谷圆山町的那段上坡路上有一家情侣酒店紧挨着神泉町，唯一的优势是价格低廉。想当年，那家酒店是我在东京唯一有安全感的地方。因为那是我与她，那个我爱她胜过爱自己的人，相处时间最长的地方。

载满乘客的列车晃得很厉害，我看了看窗外，似乎已经坐到了很远的地方，赶紧下了车。这里是日比谷线上野站，穿着灰色西装的上班族，如亡灵一般被吸进检票口。我跟着人潮游走，紧紧攥着手机，又看了一眼她的页面，不由得"欸？"地叫出声来——自己一不小心按了好友申请键。

我原地呆站着不动，很长时间都无法接受自己在汹涌的人潮中错按了好友申请的事实，脑海中找不到合适的词来形容此时的感受。不知多少亡灵擦着我的衣袖走过。时间仿佛静止了似的，我只是呆呆地望着手机屏上的一行字——"你的好友申请已发送"。

_在黑暗中伸出手

在横滨的黄金町站一下车就能看到一个脱衣舞剧场，走过路口后，右手边有一座盖在陈旧平房里的影院，是有名的男同性恋聚会的地方。

这条街白天虽没什么人，但隐约还能听到虫子寂寞的叫声；到了晚上却成了香艳之地，夜色里暗香浮涌。不少外国女人站在小窗子里面，一个劲儿地招揽顾客。过往的行人也和白天完全不同，尽是些穿得花里胡哨的人在街上大摇大摆。总之，这里到了晚上简直和横滨的随便一条风俗街没什么区别。

走出检票口，刺眼的阳光和湿毛巾一样的热风将我猛地裹住，蝉好像也不堪暑热似的叫声疲惫。我擦着额头上的汗，一路小跑着路过脱衣舞剧场。下一个十字路口过后的坡路顶上，有一座因卫生条件奇差而出名的"闪电泡芙"[1]工厂。

1995 年的夏天比往年热上许多。那一年二十岁出头、居无定所的我在这座工厂上班就快满两年了。

"今后可要怎么办啊？"

那个夏天，每当我沿着这条坡路往上走去工厂上班，都会诅咒似的嘟囔这句话。

到了闪电泡芙工厂，从那锈迹斑斑、关不平整的储物柜里拿出塞在里面的工作服换好。白色的工作服上净是奶油的浸渍，泛着一股甜味儿。

工厂生产的闪电泡芙为超市店铺供应，售价八十日元[2]一份。厂子里一共有四条流水线，我在最后一条，负责将泡芙二十个装成一箱，每日不断重复这一作业。

同事除了一个日本人以外，其余是巴西人。但这些外国人的敬语说得比我利索，似乎也比我更适应这个国家。这一带还有速冻食品加工厂、方便面调料包汤粉制造厂等好几家

---

[1] 一种法式泡芙，呈长条状，外裹以巧克力等为原料制成的糖衣，里面包着奶油等馅儿料。关于"闪电泡芙"这个名字的由来，有说法认为是，因为这种泡芙在出锅时表面有闪电状的裂纹；也有说法认为是，如果不像闪电一样迅速把它吃掉，它的糖衣就有可能融化，里面的馅儿料也有可能流淌出来。

[2] 约合人民币五元。

工厂，像盒子里的闪电泡芙一样整齐地排列着。当时这些工厂都在杂志上刊登了兼职招聘广告，我至今也想不明白，自己为何会选择闪电泡芙厂。

厂子里唯一的日本人同事七濑大我十二岁，也是当时唯一一个能和我说说话的人。

"这回我真要辞了这个破工作给你看看！"

"下次休息是几点？"七濑犯傻的时候，我就习惯性地选择忽略。

"今天也要干到五点。"

七濑是在这家工厂打了十一年工的怪人，当年曾是"女性自身剧团"的当家花旦。剧团里全是男人，和宝冢歌剧团的形式差不多。据说七濑会在淡漠而端庄的脸上化好妆，穿着凸显丰满身材的衣服站上舞台。逢到公开演出时，这里可以随时请假，因此，用这份工作来赚生活费正合他的心意。

"你今天吃什么？"七濑手法娴熟地将闪电泡芙迅速装进食品盒。他这人总是说个没完，要是一直不说话，他大概会发疯吧。

"牛奶海鲜方便面吧。"

"你还真喜欢这个口味啊。"

"这难道不是最好吃的味道吗？"

"知道知道。就算你成了大款，也会爱吃这一口。"

"我要是成了大款，会想吃更多好吃的东西的。"

"你的梦想是什么呢？"

"梦想？这种东西我想都没想过。"

"也不知道哪里有卖这东西的。"

"不过没有梦想，也就不会有梦碎了的那一天，也算赚到了吧。"

"真是个寂寞的男人。"

"我愿意把'现在我很孤独'换种说法：'现在我很自由'。这多少还有点镇静剂的效果吧。"

我一边把没完没了出现的闪电泡芙装进食品盒子，一边冷笑着应答。那天，我们和往常一样将闪电泡芙分二十个一组摆到盒子里。工厂传送带的声音，如今仍然留在我记忆深处。每当钢铁以一种独特的节奏碰撞，回荡在耳边的声音便会唤醒我心底埋藏着的、二十多年前的茫然与不安。

七濑拍了拍我的肩膀，我才发现已经五点了。和接班的同事交代完工作，进入休息时间。我们两个日本人是休息室里身子最单薄的，一屋子人讲着外语，烟味熏天，只有我俩生着煤油炉煮牛奶。

休息室里总是放着一本求职杂志 *Daily An*，也不知是谁拿来的。现在想来简直不可思议，那个年代基本每本杂志的末尾处都会安排笔友专栏。就连专门刊登兼职消息的 *Daily An* 也不例外。笔友专栏是孤独人士的聚集地，七濑很喜欢读这块内容。我热着牛奶，他就坐在旁边将一则则交友信息念给我听。

"欸——喜欢圣斗士星矢白鸟座冰河的人，请给我写信吧。神奈川县横须贺市钻石星辰子，十九岁。""这家伙肯定很难搞啊。""是啊。欸——下一个，嗯，喜欢《教父》，尤其喜欢第二部的人！期待你的来信！东京都港区三十岁男子发蜡二世。噢，这家伙怪吓人的！""吃吧吃吧。"我边说边在两盒泡面里倒上同样分量的热腾腾的牛奶。"最后一个，最后一个。拿起杂志先读笔友专栏的朋友，请与我联络。东京都中野区二十岁女子。狗商队。'狗商队'是什么哦？""《狗在狂吠，但商队照旧行进》[1]。说的是小泽健二[2]的第一张专辑！"身为小泽资深粉丝的我第一次被专栏内容吸引，从七濑手中抽走杂志，把牛奶海鲜方便面递给他。

---

[1] 源自中东游牧民的谚语，意指微不足道的阻力无法阻止宏大的事物（意愿）前行。
[2] 1968 年 4 月 14 日出生于神奈川县，知名音乐人。歌曲作品有《如果成为大人》等。

"这孩子挺有意思。"

我认真把她的文字重读了一遍，撕下那页纸塞进裤兜。

黄金町的夜晚尤其喧闹。一动不动的流浪汉与夜色融为一体，不小心被他们绊一个趔趄也是常有的事。女人们朝走在暗处的男人打招呼，若认出对方是住在这条街上的人，便默不作声地让开一条路。

那天的我和往常一样，拖着疲惫的身子沿着坡路往下走。脱衣舞剧场前面有几个喝醉的老爷子朝彼此怒吼，侍应生模样的年轻男孩一本正经地劝架。一个女人套着中年人爱穿的红色小短裙，两耳不闻窗外事一般弯腰坐在附近的护栏上，津津有味地吸着烟。我耳朵里塞着耳机，按下 CD 机的播放键，小泽健二的《从黑暗中伸出手》随即播放出来。我稍微加快步伐，没有回头，逃一般钻过检票口，跑上台阶，幸运地赶在列车发车前跑进车厢。车上有座，但我站在门边，从口袋里摸出那张揉皱的杂志笔友专栏页，小心平展开来重读。列车缓缓开动，抬起头，透过车窗一角看见七濑正走下斜坡。我从没见过他暗着一张脸、盯着地面走路的样子，但不过片刻后，他的身影越来越小，继而从我视线中消失。

_*Beautiful dreamer* 你看了几遍？

第二天早上，我急匆匆地去无印良品店买便笺。对于那时的我来说，"无印良品"还是个精致的代名词。这是我第一次给笔友专栏上的人写信，想来想去，落笔却只有一句："你喜欢小泽健二吗？"

　　不久便收到了回信。用仲屋梦幻堂[1]发放的免费报纸折成的信封里装有一张泛着印度线香味道的便笺。她的回信也只有一行："小泽健二是我的白马王子。"

　　信封里除了便笺，还放了几张迷你剧院里供人取阅的宣

---

[1]　日本有名的杂货店，以卖印度、尼泊尔等东南亚国家的杂货为主。

传单，用胶水拼贴起来。还未谋面，我已经被她吸引。一股小众的清新味道越过我的好奇心将我俘虏。我当时拼命想让自己显得与众不同，如今想来，我那样做不过是没有过平凡日子的勇气，也不愿努力罢了。

第二次给她回信，我写得很认真，把自己的爱好事无巨细地交代了一通。包括从 The Flipper's Guitar[1] 时代就是小泽健二的忠实听众，到爱听 Original Love[2]、Cornelius[3]、Denki Groove[4] 的歌等。她在回信中的便笺页数也越来越多，主要告诉我她偏爱涩谷系音乐风格，受大槻贤二[5] 的影响，对印度心怀憧憬。

不知不觉，读她的信成了我放工休息时最大的乐趣。不，回想起来，这或许是我在闪电泡芙工厂留下的唯一一份美好回忆。

七濑不知催了我多少次，总之在写信、回信这一过程中往返了大概十次以后，我终于照着他说的，在信件末尾试探性地加上一句话："要不，我们见个面吧？"

---

[1] 日本音乐团体，乐团成员为小泽健二和小山田圭吾。1991 年解散。

[2] 日本音乐团体。

[3] 原名小山田圭吾，日本音乐人。

[4] 日本音乐团体。

[5] 1996 年 2 月 6 日出生于日本东京。演员、编剧。

她的回信又变成了简短的一句话："我是个丑女，你见到我一定会后悔的。"

然而我是一个二十几岁，在闪电泡芙工厂每星期工作六天、每天工作十二小时的处男，她的话根本无法消解我的烦懑。

"Laforet原宿[1]有个横尾忠则的展览，要不要一起去看？"我记得当时是这样回复她的。

"我可真是个丑女哦。"她在信中又一次强调，随后我们相约在 Laforet 原宿门口见面，"WAVE 的袋子"是相认的标志。

在那个没有手机的年代，约人见面是一场豪赌。一旦走出家门，能不能见得到就只有指望双方的信赖程度了。"请待在面对 Laforet 尽可能靠左的位置，还要记得把 WAVE 的袋子正面有商标的部分露出来。"我简直像做现金交易一样，将见面的要点在信里写得清清楚楚。

当天我提前十分钟抵达 Laforet，立刻看到提前三十分钟等在那里的她。"你是 WAVE 的……"她说。"WAVE 的。"我也说。她马上将正在读的文库本书籍塞进包里，轻轻鞠了一躬。就这样，我们两个普通人在寻常的约会地点安静地见了面，没有惹到谁的注意。

---

[1] 位于日本东京原宿的购物中心。

由于已经做足她很丑的心理准备，见面后发现没有丑到哪里去，我不由得安心了一些。"那边有一家果汁店好像挺好喝的，要一起去吗？"

之前我在男性杂志 *Hot-Dog PRESS* [1] 上读到，约会应该由男方主导，于是不由分说地迈出了第一步。如今想来真是丢脸！杂志上为什么就没有写"不要豪情万丈地带女孩子去凑巧停在车站前的小面包车里的果汁摊"呢？我当时紧张过了头，早就把横尾忠则的展览抛之脑后了。现在回想，只记得最后我们迷了路，好不容易找到一家复古的咖啡厅。面对面坐在只有我们两位客人的店里，双方都很紧张。

我们相对无言地坐了一阵子，仿佛连怎么呼吸都忘了。她说了一句"初次见面请多关照"，我微笑着，笨拙地回了一句："现在才说？"

一人说一句话，然后同时拿起杯子喝了一口冰水，任空气又恢复沉寂——接下来的时间里，我们反复着这一场景。后来我总算把摆在桌子中间的烟灰缸推到角落，下定决心般翻开菜单。"不知这里什么东西出名。"——现在想来，这又

---

[1] 男性向杂志。

是一句冒失的话。"呃，出名？"她总算对我笑了，"嘿嘿。"她垂下头低声笑着，店里紧绷的气氛终于缓和了一些。她比我小两岁，却在那一刻让我觉得她挺成熟。理由仅仅是她叫来服务生，痛快地点了当日的意大利面。但在二十二岁还几乎没有独自出入过咖啡厅的我眼中，她已经很有社会经验了。

我尝试结束那似乎永无止境的、不痛不痒的对话，于是提起写信时聊过好几次的"大友克洋[1]的《童梦》有多精彩"这一话题。她的声音立刻高了一截，开始滔滔不绝地讲起那部漫画里着意刻画的气浪对后来漫画家的风格影响有多深，根本没有多看我一眼；与刚才的形象判若两人。我的音调也高了上去，表示画格的切分、画的细致程度也是世界水准，问她看的时候有没有感到震撼。

她望着我，两眼放光，突兀地问了一句："*Beautiful Dreamer* 你看了几遍？"我回答两遍。"还不够！"这是她那天第一次放开了声音讲话。

那之后，话题就像泄洪一般无穷无尽，再也停不下来。一点也不像是一个处男和一个女孩的初次见面。我还记得窗外好像一下子就到了天黑，柠檬茶里的冰块都化成了水。

---

[1]　1954 年 4 月 14 日出生于日本宫城县。作家、漫画家、动画导演。

"外面已经这么暗了。"她说着嘟囔了一句，"啊，米奇——"顺着她的目光，我看到墙上有一只与店面日式装潢一点也不搭界的迪士尼卡通形象挂钟。咖啡厅老板坐在没有顾客的吧台上翻看体育报纸，店里依旧只有我们两位客人，时针刚刚走过下午六点。

《福星小子 2：绮丽梦中人》(Urusei Yatsura 2:Beautiful Dreamer) 是押井守 [1] 导演 1984 年发表的异色作品，整部影片似乎给观众出了一道谜题。故事从学园祭的前一天开始。所有学生都满怀期待地为第二天的学园祭做准备，拉姆却说"希望这一刻时光能直到永远"。后来影片中的角色都回家了。第二天早上来到学校，却发现还是学园祭的前一天，每个人都满怀期待地为明天做准备。咦，我们是不是一直在重复同一天？当学生们发现蹊跷时，这一天已经快要结束；第二天又是学园祭的前一天——就这样无限循环下去。影片末尾，拉姆睡醒后喃喃地说自己梦到了很多同学，剧中主人公阿当温柔地回答："那是梦，是梦哦。"

她很喜欢这一幕情节，总是在那家情侣酒店放这部录影带，一遍又一遍地看。

------

[1]　1951 年 8 月 8 日出生于日本东京大田区，日本动画导演、电影导演。

_喜欢的人是什么？我一直在想这个问题

每天坐在拥挤的列车里，偶尔会想翘个班，到远一点的地方走一走，这样的想法再正常不过。有的人说这么想太消极幼稚、韧性不足，我和他们成不了朋友。这些人积极向上，又有定力，没什么品位。如果他们算得上是成熟的大人，我也许确实还没有长大。

　　我坐在日比谷线上野站站台前的长椅上，助理又一次打来电话——他前面已经打过无数次了，我按下通话键。手机里传来能在东京顽强活下来的人才有的硬朗声线："拜托，你就饶了我吧！"

　　"抱歉，昨天的派对我喝多了。"我忽然想起之前袒的

DVD昨天就该还了，于是告诉助理宿醉散了就过去开会，然后匆匆挂掉电话。

又一批上班族沿着站台上的白线往后排成一排，每个人都一本正经，好似对任何事情都漠不关心，不过在我看来，他们和我本来也没有任何交集。

手机屏幕亮起，显示我有一封邮件。仿佛早就知道这封邮件会来，我叹了口气，打开了它："百忙之中打扰啦。今天稍微给我一点时间吧，我在中目黑的检票口等你哦。"是上周刚刚离职的关口发来的，内容简短，只有这一句毫无商量的话。

"真是的。"

两位裹着鲜艳头巾的大婶在我旁边用关西方言夸张地讲着之前把伞忘在地铁里的事，对面方向驶来的列车掀起一阵热风，将她们的对话刮得支离破碎。对了，电视里的天气预报从昨天开始就一直强调，今天白天会下雨。

"你什么时候离开东京？"我发送出邮件后很快收到回信。

"快的话就这个月底吧。"

"真快啊。"

关口和我一起工作了二十多年，我们是同一届的同事，也是战友。起初公司算上总经理在内只有我们三个人，这些年过去，已经发展到了六十九人。

我们周围的人一圈圈轮换，常去的居酒屋倒闭，只有我和关口还在这条街上赖着不走。我朝中目黑方向的站台走去，心里明白，今天是我这辈子最后一次和他见面。

我没错过任何一次手机提醒。那个说想当演员的女孩子给我发了 LINE[1]，公司给我的邮箱发来明天的三条日程安排，我给她发的好友申请还是没有通过。

"抱歉，身体状态一直不好，今天还是不去了。"我给助手写好邮件发出去，他再也没给我发来回复。

1995 年的夏天末尾，我才和她见面，到了初秋，对她的心意就已到了无法轻易改变的程度了。

一郎[2] 拿到最佳九人奖和金手套奖的那一年，和他同年出生的我也迎来了高光时刻：交到了这辈子第一个女朋友，还迎来了人生第一次转折——辞去了食品工厂的工作。

在闪电泡芙工厂的最后一天和平时也没什么两样。空气

---

[1] 一款即时通信软件。

[2] 铃木一郎，1973 年出生，日本爱知县西春日井郡人，效力于美国职棒大联盟马林鱼队。1991 年被欧力士蓝浪以第四名选中，1994 年以片假名（Ichiro）在一军登陆，当年创下日本职棒单季最多 210 支安打，并缔造太平洋联盟最高 3 成 85 打击率，之后创下连续7 年都取得打击王的日本纪录。

中充满着香甜的气味，传送带上的闪电泡芙好像永无穷尽，一想到今天这一切都将结束，我就感到不可思议。

传送带的声音和往常一样以固定的节奏在脑海中回响，我又一次清晰地回忆起第一次和她见面那天，分别时天已经黑了，我们走回 Laforet 原宿前面。

"已经晚上七点了啊。"她似乎真的非常吃惊，扬起白色透明的 Swatch 手表给我看。

"时间过得真快。"

"没想到我也能有这样的经历。"她有点害羞地笑了笑。

"希望还能再和你聊天。"

"这是所谓的客套话吗？"有那么一瞬，她毫不闪躲地迎上我的目光。

"不，是所谓的真心话。话说，你有喜欢的人吗？"

"喜欢的人是指什么？"

"嗯，有没有在交往的人，或者你中意的人？"

"我这么多年一直在问自己，喜欢的人到底是指什么。"

"啊，我能理解。"

然后是一小段沉默。原宿的夜晚让人不适。她的衣服都是从梦幻堂买的，上身穿的是一件印度风格浓厚的 T 恤，配一条松松垮垮的白色长裙；而我是从头到脚都是阿尼亚斯贝，摆明了要走涩谷风的路线，却甩不掉那股土劲儿。我们在原宿泡了一天，也没有适应这里的环境，太多有魅力的人们向我们投来短暂的一瞥，便匆匆路过。

"那是你自己画的吗？"我试图转移话题，用手指了指好奇了很久的她白色长裙上的图案。

"是今天出来之前，我用水笔画上去的。怎么样？"那朵花歪歪斜斜实在算不上好，一看就知道是自己画的。可她却双手抻开那条松垮的长裙，有点不好意思又有点骄傲地给我看。

"你喜欢花吗？"被她的气势压倒，我只能想出傻瓜似的问题。

"哦，这个月的 Olive[1] 上登了丸山敬太 [2] 参加最新时装展的印花裙子。我买不起，索性就自己画画看。嘿嘿。"她很不好意思，解释时几乎一直盯着自己的脚尖，我听到一半就被她逗笑了。

"狗商队，你真厉害呀。"她大大咧咧的态度里混合了不怯场的创意、过剩的自信和一点害羞，已经让我有了接近憧憬的兴趣。

---

[1]　创刊于 1982 年的日本女性时尚杂志。

[2]　Maruyama Keita，1965 年出生于日本东京。服装设计师。

"我又丑又穷，所以在这些方面也很花心思。"她边说边像漫画里的人物一样，将手放到脑袋后面。我还完全跟不上她的节奏。

"哪像你说的那样！你这件上衣也蛮时尚的。"我这么一说，她卷起袖子，露出因特应性皮炎而变粗糙的手臂内侧皮肤。"我还给这件衣服做了暗扣呢，如果夏天流行七分袖也能穿。"说完又马上放下袖子。

"你呢？过着怎样的生活？"她说着偷偷看了我一眼，然后低头微笑。

"嗯，挺普通的。我也不乐观，读高中时每过完一天，我都要在日历上画个叉子。祝贺自己今天没有杀人犯法。很古怪吧。"话刚出口，我就后悔了。她却又"嘿嘿"笑了笑说："但我觉得，认真生活的人是肯定会犯法的。'常在河边走，哪有不湿鞋。'"

"你还是第一个这样说的人。"我丝毫没想到她会这样回答，这回反而是我不好意思了。我在 Hot-Dog PRESS 里看到过这样的句子："能立刻发现你理发的人，是想和你上床的人；而能发现你身上连自己都没注意到的小伤口的人，一定是喜欢你的人。"那时我还不懂这句话的意思，一段沉默后，她有些突兀地说："你这样有趣的人，是不要紧的啦。"

我觉得，东京这座城市里疏疏落落的霓虹，好像忽然温柔地照在我们两个人身上了。

我和她都盯着对方的脚尖，说着重要的话。平时几乎不会对亲近的人说的那些对人生的迷茫，在她面前却能轻松地讲出来。这与我们是笔友有着很大关系，毕竟只是互通书信，脱离了日常生活，但不仅于此。在她笨拙到有些危险的直爽面前，我感觉自己放下了焦躁，变得纯粹起来。

"我叫薰。"

当时我当然意识不到，见面这天她告诉我的这个名字，会成为我一辈子难忘的词。

在这以前，我总是有些瞧不起那种为一张画、一册书改变人生的人，但我确信，我从前一直停摆的人生秒针自和她相遇的这一天起咔嚓咔嚓地转动了起来。我开始希望成为一个有决断力和行动力的人，开始希望被人信任。在她面前，我想要对自己诚实，更渴求她的仰慕。有生以来，我第一次想要加油努力。我已经恋上了她。

_也是再见的开始

和她在原宿约会的第二天，我头一回认真读了闪电泡芙工厂休息室随意放着的 *Daily An*。一家公司在招一个名为"电视节目美术制作助理"的职位，乍看上去根本不知道具体要做什么，但我毫不犹豫地打了电话。只因为对方不限学历，欢迎无相关工作经验者，小时工资比其他工作高上二十日元。

　　我从七濑那里借来余额已经不多的电话卡，休息时钻进工厂外面的一座公用电话亭。

　　"那个……今天我在 *Daily An* 上看到了招聘信息，请问那个职位还在招人吗？"

"还在招的。具体工作内容就是帮电视美术制作送货，这个你能做吗？有摩托车驾照吗？"

"啊，没问题。"其实很有问题。首先，我根本不知道美术制作是做什么的。其次，我虽然有驾照，却是纯粹的马路杀手。

"那您知道六本木的 Velfarre[1] 吗？"

"啊，嗯……大概知道。"其实我根本不知道。

"杂志上有写公司地址，就在 Velfarre 对面，挺好找的。后天下午一点面试可以吗？"

"好的，那么请多多关照。"现在回头想想，那时我好像失去了自我。只因为她这一阵微风吹起，我就换了工作，也换了住处。

那则招聘启事篇幅很短，只写了公司地址，连照片也没有登出来。我将那页纸撕下来带在身上，从上午就到六本木找 Velfarre 的位置。这大概是我第一次白天在六本木站下车，也许是经历过横滨黄金町的夜晚，此时的街道在我眼中安全无害，又有大城市的繁华。

---

[1]　东京六本木的大型迪斯科俱乐部。1994 年 12 月开业，2007 年 1 月 1 日关闭。

在 Velfarre 附近，我问了警察，马上就找到了那家公司，速度快到甚至让我有些失望。我走进一家尽是外国人的麦当劳，用厕所旁边的粉色公用电话联系她。

"是我。"十日元硬币掉了下去，电话中传来她还没睡醒的声音。

"啊，是我。你还在睡觉吗？"

"没，只是还闭着眼睛。"

"不好意思，我一会儿要去面试。从麦当劳给你打的电话。"

"啊，今天就面试吗？"

"突然决定的。"

"听说面试前去麦当劳，就会被成功录用的。"

"欸，真的吗？"

"这是我的都市传说。"

"什么嘛。"我这么一说，她嘿嘿地笑了起来。"我会努力的。"

"我边睡边为你加油。"

"睡着怎么加油啊。"

"嘿嘿。"

下午一点，面试确实在 Velfarre 对面那栋三层高的混居大楼里进行。

大楼二层有一间紧凑的一居室小屋，配有浴室。屋里有我和一位自称社长的三十岁出头的男人，还有另外一名来面试的金发寸头男人。

屋子里空空荡荡，只在白色的桌子上放着两台 Mac 电脑[1]，还有一台电视和一个小冰箱，厨房是狭长的一条。

"你们什么时候能来上班？"社长把喝了一半的罐装咖啡放在我们递过去的简历上。

"欸？"我吃惊地叫出声来。这时，金发寸头的男人开口道："明天就行。"

"那就这么定了。你呢？"

闪电泡芙工厂已经排好了未来两周的班，我诚惶诚恐地回答了月底。

"就这么定了！那就拜托了。"

接下来，社长讲了有关电视美术制作的一些情况，并告诉我们这次只招我们两人。"这种搞不清楚状况的工作，亏得你们还有勇气来应聘啊。"他有些得意地笑着，给我们端

---

[1] Macintosh，苹果电脑早期的一个产品系列。

上咖啡。

社长告诉我们，他原来在赤坂做电视节目编辑，和艺人、新闻播音员聊天时，得知照相排字机[1]制作的出现在节目下方的字幕卡一条价值两千日元，非常吃惊。他从市面上买来相纸，用 Mac 电脑自带的字体制作字幕卡，一条售价五百日元，就这样，从小生意做起，最终开了公司。听说他做的字幕卡广受好评，销售额超过了做编辑时候的月薪，于是几周前刚刚自立门户。他意气风发地说，今后还要做展示牌。我和金发寸头男的工作是骑着摩托，将社长做的字幕卡和展示牌送到市里的编辑部、电视台等地方。在说明的最后，他补充了一句，希望我们后期能够参与制作。

这份工作每小时八百日元，工作时间是从早上九点到晚上十二点，每周休息一天。福利保障这回事情，当年的社长和我们都没听说过。早在"黑心企业"这一概念掀起社会关注的二十年前，我就以身作则，走在了时代潮流的前线。

"我叫关口。之前是千叶一家居酒屋的雇用店长！"金发寸头男朝我伸出手来，他一身运动装束，穿一条迷彩大裤衩，上面印着"BATHING APE"。

---

[1] 将照相机原理与传统排字机相结合发明成的文字排版机器。由于不再使用固定的铅字直接排版印刷，而是通过显影的方式将文字排版，所以可以通过更换不同倍率的镜头，或变形镜头，使文字的字形更加多样化。现已被电脑取代。

"啊，你好。"我一时不知该作何反应，社长见状忙催促我："你们今后就是同一届的同事了，快握个手，握个手。"于是，我们三双手握在了一起。不过，那时我们三个肯定谁也没有想到，今后的二十多年都要和眼前的另外两个人一起工作。

关口和我同样的年纪，他一边嚷嚷着"多多关照"，一边双手比出胜利的手势。我吐槽说"你这是怎么个意思"，他却嘿嘿笑着，说只是想暖暖场子。

我浑身充满难以言喻的干劲和茫然的不安，走出那间屋子。关口最终决定当天便来公司帮忙，我则一个人沿着六本木的马路朝地铁站走去。在快要进站的地方找到一个绿色的公用电话，再次打给她，逞强道："总之是面试通过了。"

她回答："恭喜，嗯。"但我知道，她一定是闭着眼睛说出这句话的。

我在闪电泡芙工厂工作的最后一天乏善可陈，那几个巴西人和往常一样将破损的闪电泡芙装进塑料袋里准备带回家。我斜眼望着这幅情景，不好意思和他们打招呼，匆忙收拾好储物柜里的东西便走出门去。在员工入口前面，我看到七濑还穿着白色的工服，蹲在地上吸烟。

"恭喜你离开这儿。"

他说着用脚踩灭烟屁股站起来，递给我一束在车站前的花店买来的、用茶色包装纸包着的小花。

"你以为我这是出狱吗？"我不好意思地笑了笑，将花接了过来。

那几个巴西人则从休息室的窗户里朝我呵呵笑着，朝这边大声喊了些什么，又对我挥了挥手。

"我会送很多闪电泡芙给你吃的。"七濑看了看他们，又朝我坏笑。

"看我不弄死你。"我把七濑的脑袋夹在胳膊底下，维持着这个姿势，嘟囔了一句"谢谢"。

"这种话要望着对方的眼睛说哟——我投降、我投降。"

四下里已经昏暗，黄金町开始热闹起来，我怀着还未远走就已经开始怀念的心情穿过街市。路过坡道时，我从七濑送的花束中拿出一枝，送给平时总站在路边等活儿的推车女人。她露出惊讶的神情，然后道了声"谢谢"。

走上车站的台阶前，我回头望了望。妖冶的黄金町灯火通明，红色的信号灯由近至远，渐渐重叠在一起。这一切映在我眼中，组成了一个很美的夜晚。

＿她说："想去海边呢。"

她是高圆寺仲屋梦幻堂的店员，那是一家亚洲风格的老牌杂货店，以进口印度商品为主。

　　我在梦幻堂经营的咖喱店第一次吃到椰子味的咖喱。居然还有甜的咖喱！老实说，当时并不觉得好吃，只是觉得跟得上潮流的人都会说椰子味咖喱好吃，我也附和着说味道不错。

　　她有个从老家群马一起来东京的妹妹，两人就住在中野一栋建龄四十年的公寓里。那个妹妹与其说是走辣妹路线，不如说是所谓的"安室派"[1]。我只见过她一次，她似乎很

---

[1]　模仿 20 世纪 90 年代当红日本歌星、演员安室奈美惠着装风格的年轻人。

享受东京的生活。

　　我还清楚地记得，通过电视美术制作公司面试的那天给她打那通电话的最后内容。在面试过后的电话中，当时只见过一面的我们就确立了恋爱关系。

　　"喏，我们去庆祝一下吧。要不要一起出去呀？"

　　我想不出其他方法，只好主动开口。

　　"嗯——也是哦。"

　　"去个迪士尼什么的。"

　　"欸——那就去迪士尼，或者情人酒店吧。"

　　"什么？"面对一下跨上三级台阶的突然诱惑，处男不禁心慌意乱。

　　"你不是要庆祝吗？我又很困。"

　　"困就可以去情人酒店吗？"

　　"如果困的时候给喜欢的人庆祝，是可以去的。"

　　她似乎在电话那头打了个大大的哈欠。

　　"欸？"我愚蠢地喃喃着。

　　"嗯？"她笑着回应，听声音好像睡醒了似的。

　　"喜欢的人"。就算是她一时冲动，或者今后注定要被收回，那仍然是能让此刻的我大脑宕机的一句话。

"那么，嗯……请多指教。"我艰难地做出回应。她把话接了下去："拜托你啦。"

她的一言一行就像突然出现在西边天空的不明飞行物，让我无法解释。但这个奇怪的女孩子，已经慢慢地将我的人生变得不再普通。

离开闪电泡芙工厂当天，我和她去了涩谷圆山町的情人酒店街，那是我们人生中第一次去那样的地方。

令人难为情的是，我身上当时只有八千多日元。总之，我们转了一大圈，最后选了一家最便宜的酒店。同一条路来回走了很多次，在同一条坡道上爬上爬下。我感到她有点紧张——"我其实是第一次。"她直直看着前面，爽快地说。"欸，啊，是吗？"我本以为自己已经习惯了这种气氛，听了她的话，心中又开始不易察觉地动摇。路过的中年夫妇，戴着太阳镜独自散步的老爷子，年轻的警察……每次和陌生人擦肩而过，她都会抓紧我后背的衣服。

"我们还是选这家吧？"生锈的招牌上写着"一晚五千八百日元"。

"这么便宜。"

"对不起。"

"开玩笑的。"她边说边把手伸进我的口袋里。

七濑送我的那一小束花早就蔫掉了。

我们走进坡道中间那家一晚五千八百日元的冷清的情人酒店，她看了一圈房间，立刻找到洗脸的地方，闪身钻进浴室。"你看你看，好厉害哦。浴缸闪着彩虹色的光！"她的声音带着回声。

我也在床上躺成"大"字，享受起这辈子的第一次情人酒店。枕头旁边是有线广播和照明开关，有好几种照明模式，每一样都很新鲜。这种与社会完全隔绝的密闭感让我们兴高采烈。听着她兴奋的声音，我在床上打了个滚儿，趴在薄薄的床单上。这时，她突然跳上床，骑到我身上。

"好重！"

"浴缸里的水放好了。"

"你好重。"

"这话真是失礼。"

她就这样坐在我身上，两只脚跷来跷去地玩了一会儿。

我们还没有拥抱过，所以第一次和她零距离接触，就是我趴在床上，她骑在我身上。

我随她在我身上骑着，自己则用手咔嚓咔嚓地摆弄枕边的有线广播和房间灯光调钮。我调大音量，让房间的每个角

落都填满演歌 [1]，她哈哈大笑。接下来是一段电波声，然后是一组印度尼西亚加麦兰 [2] 音乐，最后停在西洋音乐频道上。屋子的灯光先是被我调成紫色，然后是间接照明，最后所有的灯都灭掉了。

黑暗的房间里传来约翰·列侬 [3] 唱到一半的《伴我同行》，我们贴在一起，一动不动。她整个人趴到我背上，在我耳边缓缓地呢喃："好想去海边啊。"我感受着她柔软的重量，咂摸着所谓幸福的滋味。

电视美术制作的工作开始后不久，我就和关口一起搬到了一栋建龄三十年的木质公寓里，和六本木 Velfarre 对面的办公室隔着两条街区。在那个经常彻夜工作，又没有漫画咖啡厅 [4] 或观影小屋 [5] 的年代，我们没有别的选择。

她与妹妹同室，而我则与同事分享一间公寓；对我们来说，周末来这家情人酒店住一天是当时唯一的盼头。

情人酒店接待处的老奶奶也和我们混了个脸熟。每次老

---

[1] 20 世纪 60 年代至 80 年代在日本盛行的歌曲形式，融合了古典、民族和现代等多种元素。

[2] 一种印尼管弦乐器。

[3] John Winston Ono Lennon（1940—1980），英国歌手和词曲作者，披头士乐队创始成员之一。其妻名为小野洋子。

[4] 提供漫画、卡拉 OK、台球等娱乐设施和简单餐饮的店面，通宵营业。

[5] 客人可在店铺内租借影片，然后在单人房间放映。

家人寄来橘子或梨，她就装一份在超市塑料袋里，装得满满的拎去分给老奶奶。我们订的房间不一定是同一间，但布局和内部装饰基本一样。每间房都有裱在画框里的拉森[1]的拼图做装饰，整面墙上都是拙劣的欧洲风格壁画，厕所里贴着红砖图案的墙纸。房间里只有一扇挂着窗帘的窗子，但我们从没打开过它。

　　不知从什么时候起，我们走入房间的那一瞬，会互相说一句"我回来了"。在封闭的黑暗里，在这个仿佛与世隔绝的地方，我们聊最近读了什么书、如果 Flipper's Guitar 重组会怎样之类不着边际的话题，彼此抱怨工作上的烦心事，像逃避现实一样紧紧拥抱。只有拥抱着彼此，才能觉得自己从未来的不安和地球的重力中得到了解放，我在黑暗中用力地向她伸出手。这个平时总爱说笑的女人，只有在有所欲求时，才会让我看到她认真的眼神，我喜欢这种眼神。我很怀念她汗水的味道。那味道不像我从前闻过的什么，只是散发着令人无比怀念的香气。她全身被汗水濡湿，蜷缩着贴近我的身体。她的液体滴在我的脸上，黑暗中我也知道她在哭泣。"高兴的时候，就会觉得难过。"她经常这样为自己的眼泪辩解。

[1] Christian Riese Lassen，美国著名画家、海洋艺术家，其画作以海洋风景为主题，在美国和日本尤为流行。

我耐心细致地将她混着眼泪和汗水 的身体舔了个遍。眼睛逐渐适应了黑暗，我能感到她正盯着我看。

"真舒服啊。"她忽然低声说，那语气有点寂寞，也有点开心。

少年时代，我在 *Hot-Dog PRESS* 上看到过，"性爱过程中经常说话的男人惹人讨厌"，于是每次都遵循这条原则，尽量少说话。她总说"我是那种有人躺在旁边就睡不着的类型"，我也就回应一句"我也是"，但很快两人就睡得香甜，还打起了呼噜。

醒来屋子里一片漆黑，分不清是早晨还是中午，有时还搞不清楚自己身在何处，以至于陷入一种恍惚的情绪。有线广播里低声传来不知名乐队的一首不知名的歌。我感到口渴，便在黑暗中摸索着裤子和宝矿力水特。她早上总是特别虚弱，完全没有要起床的意思。

桌上的宝矿力水特早就温了，盖子也不知道被丢到了哪里，我喝干它，去浴室放洗澡水。晾在浴缸上的毛巾冰冰凉，那温度，我现在还记得清晰。我一边想着今天一会儿就要去上班简直是天方夜谭，一边伸手去试忽冷忽热的水温。上午十点要退房，所以我每次都在九点半背着她，把她拖到浴室。

泡在浴缸里，她还是睡眼惺忪，我们一起傻乎乎地讨论地球怎么还没毁灭之类的话题。她吹头发的时候，我便旁若无人地收拾起准备出门的东西。她有出门前上厕所的习惯，总是喊我"等一下、等一下"。马上就该退房了，*Hot-Dog PRESS*里提到过，"女人早上打扮的时候，不要催促她"。我趴在皱巴巴的床单上，开始确认今天的日程。只不过这样的时候，我身上往往盖着她扔在床上的大衣或开襟毛衫，所以我总是一边确认，一边拼命地嗅着她衣服上的淡淡香气。

她不知什么时候从厕所出来，看到在床上摇晃着双脚闻她大衣味道的男人便会吐槽："变态，走啦！"我可是在等你啊！我这样想着，才发现屋子钥匙找不到了，急忙开始东翻西找。她在我身后说着每次都会说的话："喏，我们两个人去看海吧。"这个约定我直到最后都没有实现。前台打来电话，提醒客人退房的时间到了。

_1999 年，地球没有毁灭

一个既绝望又让人抱有希望的事实是——人总是可以被取代的。说来让人难过，这个世界没有了谁都依然如常。总有人会说，不会再有第二个人和某个人一样，但就算那个人不再出现，地球还是照样转，人们照样迎来日升月落。

　　只是当我回过头去，发现唯一不能被替代的人就是她。一开始，这好像没什么大不了的。就像大多数嗑药上瘾的病人一样，药瘾往往毫无征兆地发作，发现不对劲的时候，我已经不能没有她了。原来所谓的伤心也有很多种，有的伤可以被时间治愈；有的伤则像脓疮一样，会一直留在心底。这道理是她教会我的。看着无意间点开的她的脸书，沉淀在我心底的伤突然开始隐隐作痛。她便是那个我永远也不想将其变为回忆的人。

这个时间，中目黑方向的站台上空荡荡的。我点开那位告诉我想当演员的女孩的 LINE，有些后悔刚才没有在自动贩卖机上买一瓶热的焙茶。

"喏，是不是只要努力，梦想就能实现呢？"她只发来这样一句话。

日比谷线列车轰隆隆地滑进车站那一瞬间，我看到站台对面一个年轻的妈妈抱起她幼小的孩子。

"我觉得，你这个问题就像在问'你会不会做意大利面'一样。"我这样回复了她的消息，走进地铁车厢。对方发来一个歪着头的熊猫表情。我继续回复："只要按部就班地来，我想基本上是不会有问题的。"对方又发来那只歪着头的熊猫。无论是按部就班地来还是失败，其实都不太重要。最关键的难道不是和谁一起经历这一切吗？——我这样想着，却没有把这个想法打在手机里。就算是再怎么虚无缥缈的梦，人都会想要获得一份肯定。人就是那种不在背包里放点什么东西就不会向前走的动物。虽然想轻装上阵，但要是两手空空也难免不安。

我到闪电泡芙工厂工作，与我上的那所倒闭的专科学校不无关系。高中的时候，我连课都不怎么去上，却也没有彻底跟学校对着干的勇气；老师早上每次点完名，我就跑到美术备课室待上一整天。再加上我又莫名其妙地进了一所神奈川县的有钱人家喜欢让孩子上的私立学校，所以和其他同学一点儿也不合拍；至于校方，他们只要拿到了自己应得的，就睁一只眼闭一只眼，绝不主动找麻烦。于是，我很快就被孤立了。印象中，本该闪闪发光的高中三年里，我和异性说话的次数用一只手就能数得过来。

高中时代，我一般是这样度过每一天的：早上第一个来到教室——由于打心眼儿里抵触走进有人的教室，我养成了早起的习惯，这让我走上社会后依然受用——老师点过名后，我便走出班级，到三层角落里的美术备课室眺望整个校园。居高临下地看穿着蓝色运动服的学生们沿着跑道跑了不知道多少圈，午饭时间到来之前，我一面自言自语着"真是年轻"，一面开始吃便当。这也成了我改不掉的毛病，直到如今，我白天偶尔还是会翘班到 Freshness Burger[1] 的二层找

---

[1] 1992 年成立的日本快餐连锁店，主要销售汉堡等西式快餐。

个位子，一边听 iPod 里的音乐，一边看着行色匆匆的路人，像当初茫然眺望校园一样远看这个社会。我不讨厌那种有点像局外人的感觉。

就这样，我尽量不让自己交上去的东西和成绩是最差的，总算也从那所马马虎虎的私立高中毕业，告诉班主任一个更加不温不火的升学志愿。和兴趣无关，我清楚自己的成绩上不了大学，于是以不用参加入学考试为由，选了一所广告专科学校。读不读广告专科对我来说并不重要，父母既不赞成也没反对，只告诉我："你的人生你自己决定。"我的父母都是拼命工作的人，所以家里有钱。也因为他们只会拼命工作，所以家里总是没有人。

到专科学校读书的第一天，拉开学校安排我去的那间教室的门，班里泛着一股木工白胶的味道。看着座位上那一张张面孔，大多数人应该算现在所谓的"秋叶原系"[1]或走"乐团风格"。一看便知这个班里的人都和我一样，属于学不学广告两可的人。这所专科学校在吉原附近一个名叫入谷的地方，紧挨着充满猥琐气息的莺谷[2]。每年大概只会因为朝颜

---

[1]　秋叶原是日本东京著名的电器一条街，也是电玩一条街。"秋叶原系"泛指喜爱在秋叶原活动的游戏、动漫爱好者等，以兴趣为主，而不重视穿着打扮的人或装束如动漫人物般夸张的人的衣着风格。

[2]　位于日本东京市台东区，有很多情人酒店和风俗店。

市而上一次新闻报道[1]。学校建在一座门口有仿造自由女神像的情人酒店和新兴宗教喜欢用的淡金色半球形建筑中间。每天早上去上学，都让我觉得自己是个俗不可耐的人，读土得掉渣儿的专科学校，学校还夹在世界上最烂俗的两栋建筑物中间。

我既不失望，也毫无期待，挑一个空着的位子坐下。教室里坐满了人，都要另加桌椅了。我们这一代人赶上所谓的第二次婴儿潮，我读的小学一个年级有十三个班，成人典礼因为人太多，不得不分两批进行。就连这个小地方的专科学校里，同龄人的数量也超了标。没过多久，班主任来了，简单告诉我们他现在也在接广告文案的单子，然后呵呵傻笑着说了这么一句："现在教室里很挤，等暑假结束，屋里的学生一下就会少很多。每年都是这样，所以大家不用担心了，人会一下子变少的啦。"

接着，他在黑板上用很大的字写下了一本书的名字。

"请各位下次上课之前把这本书买来。我们照着这本书的内容来上课。"

不用说，书的作者当然是他本人。我环视四周，大部分

---

[1]　每年 7 月 6 号、7 号、8 号三天，入谷地区会举办日本规模最大的牵牛花集市 "入谷朝颜市"，三天的累积客流量约 40 万人。

学生都安安静静地抄着书的名字，也有几个人这时候就已经心不在焉。和班主任预想的一样，放完暑假回来，班里仿佛有四分之一的学生人间蒸发，一下子就不再来上课。同时另一群什么事情都坚持不下去，也没有决断能力的人聚在一起，再次重复着同样的错误。不过如此。

读专科学校的时候，有一个姓车谷的男生常和我一起玩。当时社会上热衷讨论诺查丹玛斯[1]的大预言，他也经常把这个话题挂在嘴边。那一年是1991年，泡沫经济开始破裂，我们的愿望化为社会中的不良资产，宁愿地球真的毁灭。车谷每说一段话，结尾都要加上"反正1999年地球就毁灭了"。解释自己为什么毫无存款、为什么不找工作、为什么还是处男之后，他都要加上这一句："反正1999年地球就要毁灭了！"

然而，伴随着我们的毕业，学校也快要倒闭了。于是出现了喜剧般的局面：老师们反而比学生先开始找起工作来。离毕业还有一个月的时候，车谷说那份搬家的工作打工工时太长以致睡眠不足，竟以如此愚蠢的理由退了学。但他之前说的也不全错，我们就是毕了业也找不到工作。就业中心发

---

[1] Nostradamus（1503—1566），法国籍犹太裔预言家。他预言1999年7月，会有"恐怖大王"从天而降，导致世界毁灭。

布的都是搬家公司、拆迁公司、办公楼或酒店清洁类的工作岗位。明明在这所学校学广告，学校却没提供一份广告的招聘消息给我。

就业中心的人只管反复叮嘱我们：无论如何先找一份正式的工作，再做别的打算也不迟。给人一种学校想要赶快收拾完烂摊子的感觉。最终，我找了与广告毫无关系的闪电泡芙工厂的兼职，并且是在 *Daily An* 上随便找的，去这里上班的决定极为草率。就业中心的墙上贴出"神奈川第一点心工厂内定"的公告时，我实在憋不住笑了。这个世界对我没有半点期待，我对这个世界也是一样。而到了 1999 年，地球并没有毁灭。

那个 7 月的夜晚，车谷口头禅中的恐怖大王理应降临的那天，我在涩谷圆山町坡道中间那家离神泉很近的情人酒店的客房中和她紧紧相拥。那天风很大，吹得酒店的招牌铁板一直吱呀呀地响。

客房的电视里正在播送诺查丹玛斯大预言的特别节目，整个晚上，我和她伴着节目组惊悚的背景音乐不停地做爱。房间里的湿度异常高，空调不怎么管用。厕所芳香剂的刺鼻味道充满了整个屋子。

"就像冲了澡一样湿漉漉的。"她大口喘着气，整个人陷在床里。我再次起身，贴上她趴着的身子。"脏啦——"她散漫地笑着，呼吸时身体明显起伏，却又来了兴致。我则像上了钩的鱼，一边笑着一边也有了感觉。

"广告之后，诺查丹玛斯留下的真正信息即将揭晓！"显像管将知名主持人做出的夸张姿势转播到屏幕上，庄重得过了头儿的音乐在房间里响亮地回荡。

我的汗滴答滴答地落在她的肚子和胸之间。她的眼里又溢出泪水。汗珠滚进眼里，搞得我眼睛很疼。她身上的每一处地方都咸咸的。地球没有毁灭，我还在深渊里顽强地活着。

_ 在边缘国度被人握住

关口和我进公司后，几个月过去了，工作依然被安排得很轻松。只在最初有一些订单，从某个时候开始，突然连电话和传真都没有再响起来过。与影视相关的产业圈子比我们想象得还要闭塞，就连之前做过影视编辑的社长也一样，只要没有真正走入行业内部，就会搞不清楚状况。这一行业不仅仅注重价格和服务质量，还很重视义理人情。愿意跟我们这类新公司合作的地方很少，搞得我们三个几乎每天都在坐冷板凳。人生总有那么几个不愿意想起的瞬间，那段日子在我的榜单上毫无疑问位列第一名。从专科学校毕业，经历了闪电泡芙工厂的洗礼，好容易才攀住的公司却一天天在走下坡路。当然，我那时的人生也走在下坡的路上。如果没有她，没有与她的往来，大概我就会走向自我毁灭。

我们做得最多的工作是黑道电影的包装设计，报酬有时候只给二十个今川烧[1]。也干过名目上叫"小道具制作"的活计，赚钱最快的是做新兴宗教的护身符。我也不知道这东西算不算是小道具，总之钱给得很痛快。那个年代的创业家出版的启发类图书连连高呼"要有梦想！""要有目标！"等口号，我必须面对的现实却是"在拥有梦想和目标之前，先得想办法凑齐今晚的饭钱"。

列车停在东银座站，车门打开。一位急着赶路的上班族手里的硬壳公文包撞在我左手指甲上，一阵麻痛感袭来。今天果然还是要下雨，我的左手上有一条退不掉的伤疤。每次看到它，那个在我脑海中已经亦真亦幻的极限年代，就仿佛重新承接了现实的重量。那是 1995 年的圣诞节前夕，公司被业界排挤，处在社会底层的我，连呼吸都要小心翼翼。

圣诞节前夜，六本木下了牡丹雪。在高层公寓顶楼窗边，

---

[1]　果子的一种，又称"太鼓烧"，与鼓的形状类似，外皮以面粉、鸡蛋与砂糖制成，早期馅儿料为红豆泥，现在也有用巧克力、奶油当馅儿的做法。

能看见装饰奢华的圣诞树上一闪一闪的吊灯。我在那棵树下站了一会儿，仰着头像看星星一样呆望着树上的灯。已经和她约好第二天一起庆祝交往后的第一个圣诞节，此情此景，我竟突然觉得很孤单，给她打了好几个电话。"我们姐妹俩晚上在家开圣诞派对。"——她明明是这么说的，家里的电话却一直没有人接。

这一天，圣诞节特别节目的字幕卡制作项目十万火急，等着我去完成。我全然不顾外面的大雪，披上雨衣，骑着摩托车送东西给客户。停在公司旁边的摩托车座椅上已经积了薄薄的一层雪。我一面暗想自己忘了戴手套，一面跨上座椅，迎着冷风、缩着肩膀出发了。双手在寒风中逐渐麻痹，摩托车开出去不到五分钟就到了杏仁咖啡厅前面那个十字路口。我没发现路面上有一部分结了冰，想要握紧方向盘时，手又使不上力气。下一个瞬间，我已经狠狠地摔在马路上，包里的一捆捆字幕卡七零八落，账单埋在化掉的雪水中。字幕卡的用纸和照片相纸材料相同，上面只用黑墨印字，非常怕水。我的牛仔裤左边破了一大块，从膝盖到大腿根都破了皮，血往下直流。左手除了大拇指，其他四根指头都划了很多口子，黑色的血同样流个不停。

只是在这种状态下，我的脑海里想的还是不能把字幕卡弄湿，得尽快将它送到编辑工作室。我真的只想了这些，因为就连我这个底层的员工都很清楚，当时的公司正处在只要有一个项目没有做好便会失去客户信用、就会随时完蛋的状态。我害怕公司因为自己的过失倒闭。随身物品掉得到处都是，我在地上趴着，尽量不让相纸沾上自己的血。圣诞彩灯装饰下的六本木十字路口人潮汹涌，却没有一个人来帮我捡掉在地上的东西。好像谁都看不见我。原来这个社会还没接纳我这号人。左耳朵听到的声音模糊不清，像游泳时进了水似的；我变得有些呼吸急促，同时小心谨慎地一页页捡起字幕卡。

突然，一个男人在我身边站住，问了一句："你还好吗？"说完紧紧握住我鲜血淋漓的左手。这个年轻男人目光灼灼，是和我在同一座大楼上班的社会成员。我们好像在楼梯间遇到过许多次。这家伙能看见我啊？——我意识朦胧地看向他。也许是他也生活在边缘国度的缘故吧？男人在看过我的伤口后，在雪泥难辨的六本木十字路口边蹲下身子，帮我一起捡字幕卡。每捡起一张，就用自己的手帕按住擦干，以防被水浸湿。雪已经濡湿了他西裤的膝盖部分。

他将收拾好的一沓字幕卡默默递给我，毫不迟疑地说了一句"快点送完回来哦"。又用刚才擦水渍的手帕在我左手上紧紧缠了几圈，告诉我这样"多少还能撑一段时间"，然后跨过护栏，消失在华丽的霓虹灯饰和纷乱而欢乐的茫茫人海中。

编辑工作室和歌厅包房的收费方式相同，都是按小时计算。如果超过预定时间完工，就要补交房费。

我抱起他帮我整理好的东西，像要补回刚才耽误的时间一样，将摩托车开得飞快。这个东京的夜晚，车子在积起一小堆脏雪的路旁狂奔。被男人用手帕包着的左手有规律地传来一阵阵刺痛，仿佛那里有一颗心脏怦怦直跳。色彩斑斓的圣诞霓虹化为一道道闪着光的亮线，朝我身后滑过。街上行人的声音飘进我的耳朵，又逐渐远去。腿上传来痛意。撞上冷风就会喷血的伤口已经又冷又麻，左手却怎么也用不上力。我一直死死踩住油门，却不知为何在这时唱起了ULFULS[1]的歌。我一遍遍重复唱着《打起精神来！！》里唯一记得的副歌部分。不能减速，不能再出事故。摔倒的那个瞬间，我除了这条小命以外失无可失，没有任何退路可言。现在，我则切切实实地感受到自己活着。也许梦想和希望一类的东西早已被甩下了高速行驶的摩托车。

---

[1] 日本关西地区的合唱团，1988 年组成。有译法叫：糊里糊涂合唱团。

_073

至今我怎么也想不起来自己是怎样准时将车子开到品川那间编辑工作室的，只记得送完快件后去深夜的急诊室处理手上的伤口。发现腿上反而伤得更重，出乎我的意料。

后来，我去答谢那个男人，来到楼道左上方装有监视镜头的三层办公室，按响了门铃。一个一身白衣、白裤休闲服，还一脸青春痘的青涩男孩隔着门链问明我的来意，只说了一句："啊，那家伙已经不在我们这儿了。"说完马上关了门。

那之后又过了好久，我才从一份地下周刊上得知那个男人的名字。我在深夜的全家便利店站着看杂志，没想到就这样在纸面上与他重逢。那段报道挤在一块角落里，短小却劲爆，读完我就知道，我们这辈子无法再见面了。当时便利店里的客人只有我一位，念着上次见面时没说出口的感谢，我心里默默地响起《打起精神来！！》的旋律，将副歌部分小声唱了不知多少次。

心中抚不平的伤口感到疼痛的时候，我总会想起那天的情景。想起我鲜血淋漓的左手被紧紧握住的瞬间。堵在心口的浪漫，也许就在这样一些煞风景的时刻出现，像唰地擦亮了火柴复又熄灭的点点火光。

二十多年前夜晚的回忆像是快要脱落的伤疤，在下雨的日子里惹得人心里痒痒的。日比谷线列车留下一串刹车声，将昏暗的车站抛在身后，随着提速缓缓地画出一条曲线，又往街道深处潜下去。

_ 从东京出发的银河铁道

传真收件铃声疯狂作响。1996 年春天，我们公司为了摆脱孤立局面，和电视台做生意时迫不得已给对方开出极其优惠的折扣，每个人都为廉价利润忙得昏天暗地。那一天也是如此，两天前就被难对付的客户缠着脱不开身，几乎没怎么睡觉。晚上从冰箱里拿出冷冻的乌冬面热来吃，面还没熟就受不了那股子味道，到厕所干呕了一通。尽管如此，我还得等着客户回来，在公司熬到了早晨。关口也在旁边的沙发上和衣睡着。而社长说是要去跑生意，这周一次都没到公司露过脸。只在早上七点左右打来一个短暂的电话，问了问我们的情况。这段时间里，关口和我，还有几个来了不到一周就主动辞职的小助理就这样一直在重复着作业。传真一刻不停地吐出客户发来的原稿，零乱地散了一地。时针刚刚滑过早上五点。只消看上一眼地上摊着的一大片原稿，自然就明白今天也是排得满满当当的一天。眼仁里头木木的发痛，我将几乎见了底的罐装咖啡喝干。再过不久就要迎来黎明的东京静得出奇，除了传真机的声音，再也感受不到活物的气息。

突然，PHS 在口袋里发出收信铃声，伴着振动。黑白屏幕亮起来，显示来电人是"薰"。我看了看睡得死死的关口，闪身进了浴室。

"早安。怎么了？"我尽量压低声音讲话。

"早——上——好——"不知为什么，那边传来类似整人节目里大清早突袭睡梦中的偶像明星时的问候。

"你这是喝酒喝到了天亮吗？"

"没有，只是睡不着。想着今天不如干脆和你一起翘班，就打了电话。"她总是这么突然。

"那要去哪里呢？"

"还没想好，也不打算想。"

"什么嘛。"

"我们就去坐新干线，想下车的时候就下车、想吃东西的时候就去吃、想睡觉的时候就睡觉。对了，我可能还想泡个温泉，你要不要和我一起？"

"倒不是不想去，但今天突然休假可能有点勉强。你也知道，我们人手不够的。传真机现在还一直在响。"

我知道此时此刻，原稿正一张张在地板上越摞越高。我没有挂电话，蹑手蹑脚地从浴室出来，便看到关口站在传真机旁，用脚将地上的稿子归置到一处。

"想去就去呗。今后请我去一次夜总会就行了。"他打了个大大的哈欠，说着接起响过一声的电话，大概是客户打来的。

"是的，辛苦你了。这个嘛，就是用最快速度，今天也有点来不及了，你能给我们大概双倍的时间来做吗？"

关口一边讲电话，一边将我推到门边，然后走回屋里，把我随身带着的东西扔了过来。我胡乱穿上运动鞋，猛地扭开了门。天空还是淡紫色的，尽管这里是东京的中心，空气中却隐约飘着茉莉花的幽香。

"喂，我现在往东京站去。嗯，刚出来。"我挂掉电话，两级并作一级地跑下台阶。

我们约在新干线检票口外面卖便当的地方见面。她穿白色衬衫和之前那件皱巴巴的白裙子，正在认真研究卖场里排成一排的便当照片。伫立在人流如潮的东京站里的她，就像那只会把我带到神奇国度的兔子[1]。

"想吃哪一种？"我走到她身后问。

"这里的车站便当我今后打算尝个遍。"她仿佛知道我来了，头也不回地答道。

"这一排从最上面往下数，前四个都吃过了。"

"那今天吃第五个和第六个？炸鸡块和鲷鱼饭。"她转过头来，朝我莞尔一笑。我们买了炸鸡块和鲷鱼饭，瞄准站台上停着的新干线，也不管它开到哪儿，就飞跑着上了车。

我们看着车窗外的风景从灰色逐渐变成绿色，喝了一口在站台上买的热茶。自由席位的车厢里没几个人，她将椅背放到最低，尽管是出门旅行，她却没带任何行李。

"我喜欢新干线这种密闭的感觉。"

"偶尔会觉得耳朵堵得慌，但整体来说还不错。"我回答。她的心情似乎从没这样好过，这份快乐也感染了我。她的邀约总是很随性，然而对我来说，每个邀请却都在"正确的时间"来到。喜欢的人做什么都对。此时的我，正初品初恋爱

---

[1] 在《爱丽丝梦游仙境》一书中，主角爱丽丝为了追逐一只兔子，不小心跌入兔子洞，到了一个地下的神奇国度。

魔法的滋味。

"喏，你的包里都装了些什么？"她有些惊讶地问。

"就一套睡衣和牙刷，还有鞋子。还有……"

"像去旅行似的。"她摆出一副嫌弃的表情笑话我。

"咦？这不就是旅行吗？"

"当然不是旅行了！这叫私奔。"

她似乎想让自己显得更有趣一些，得意地笑着，依偎在我肩上。

后来，每当季节交替的时候，我都要陪她来一趟这种随性的旅行。她把往南去称为度长假，往北去则是私奔。每次根据当天的心情决定在哪站下车，然后在那里的街上散步，坐在不知名的公园的秋千上发呆，走进一家从没去过的二手书店站着看看书，找一家装潢漂亮的拉面店两人一起大吃一顿。遇上好吃的，看见好看的、好玩的东西时，还有一个一定也会因此兴高采烈的人就在我身边——我觉得，这就叫作幸福。

我也将座椅放到最低，使劲伸了个懒腰。她正看着窗外，我冷不防握住了她的手。她依然眺望外面的风景，回握了我。新干线惬意地提速，一条从没见过的人河刚刚进入视野，就瞬间被甩在后面，不见了踪影。

"真想就这样辞了工作，逃到远处去啊。"想到关口现在多半正在那间一居室公寓里捡传真，我不由得脱口而出。这段时间，我抱怨和胡言乱语的频率就快赶上正常呼吸的频率了。

"为什么想到远处去？"

"哎呀，如果去了国外，能接受各种刺激，人生说不定就有了转机呢。"面对她天真无邪的疑问，我做了口头禅似的回答。

"是吗？"

"是啊，我认识的人里就有这样的。"

事到如今我懂了，云雾缭绕的地方永远都云雾缭绕。当年的我不知道自己该去往何方，根本没有余力享受人生，所以一心想着要逃。现在回忆起来，和我说"睡不着"的时候，她应该想的也是一样吧。

"听说宫泽贤治到死都没有去过远的地方呢。"

今天，面对我千篇一律的作答，她第一次把话接了下去。

"宫泽贤治？"说话间，她欠起身，从后面的口袋里拿出一本文库本。

"他写这本书好像是为了怀念生病去世的妹妹的吧。"

我默默翻着留有她体温的那本《银河铁道之夜》。

"贤治在东北的乡下度过大半生，却到银河旅行了一趟呢。"窗外照进来的晨光令她眯起眼睛，将窗帘拉起来一半。"他一定也想带妹妹一起到银河看一看吧。"她看着我的眼睛继续说道，"所以说啊，重要的不是要去哪里，而是和谁一起去。"

我一时不知说什么好，在我有答案之前，她忽然眼前一亮："有了！今天我们就去宫泽贤治纪念馆吧，然后去山猫轩[1] 喝一杯柠檬茶！"

"嗯。"

"就这么定了！"她开心地哼起歌来。

列车不知穿过多少条隧道，售货员的推车也不知从我们身旁经过了几次。没过多久，她就沉沉地睡着了，跟着她沉重的鼻息，接连熬了几个晚上的我也疲惫地进入梦乡。

身下的座椅温柔地震颤，我在明明灭灭的意识中，又一次握住她的手。睡梦中的她无意识地回握。新干线又一次钻进隧道，我闭着眼，光线从眼底的缝隙漏了进来。凌乱反射

---

[1] 位于日本岩手县花卷市宫泽贤治纪念馆的停车场内，店名取自宫泽贤治的作品《要求太多的餐馆》中的餐厅"山猫轩"。

的光影里，我想象着从未见过的辉光倾斜流淌的星空，和吹着惬意风儿的乌托邦。

_ 在这颗多雨的星球上

1996 年初秋。在意外的地方，我遇到了一个怀念的男人。

"欸，欸，真是的。我们太久没见了！"

在新宿黄金街拥挤的街道上，一个明显是女装打扮的微胖男人向我搭话。

起初，我真的没认出对方是谁，也没有接茬，只是从头到脚认真打量了他一遍。

"你是谁？"我没认出来。

"哎呀。是我啊！我们是吃同一锅闪电泡芙的好战友啊！"

"七濑！"我惊呼出声，引得小路前面一群外国游客频频回头。

"七濑，你在这里做什么呀？"

"我还要问你呢！"

"我呀，今天休息。"我说着指了指藏在身后的她。

"啊，你好。"她平时的那股气势不知道跑哪里去了，突然怕起生来，问好时眼睛几乎一直是看着地面。

"咦，咦，咦？这是哪位大小姐？"

七濑坏笑着，肩膀吃了我一拳。

"你今天来这里做什么呢？"

"我在这儿开店啦。"

"开店？"

"承蒙您二位眷顾。"他边说边拿出名片递给我，还伸手也给了她一张。

"BAR RAINY。"她一字一句地念出店名。

"嗯。名字不错吧？是和式居酒屋哟！"

"和式居酒屋干吗要叫 BAR RAINY 啊！"我又捶了他肩膀一拳。这感觉，真是叫人怀念又开心。

我们放肆地大笑着，决定到七濑的店里看一看。她大概没刚才那么紧张了，脸上的笑也有了神采，但还是紧抓着我夹克衫的背后。

BAR RAINY 在黄金街的一隅，的确是一间有浓郁乡土风情的和式居酒屋，单听名字你绝对想象不出它的模样。

吧台上摆着大盘子，里面装满了沙拉，内容是金平牛蒡、南洋腌小鱼、切得细细的泽庵腌萝卜配薯条。吧台有七张座椅，里面还硬挤出一叠[1]多大小的坐席。墙上两个地方挂着大相扑的日历，厕所装饰着若贵[2]的手印摆件。

"这块地方是接着别人的店铺重新改装的。'BAR RAINY'是之前的店家招牌。我没什么钱，就装成了和式，店名也保留了原来的。"

当时还没到开店时间，七濑为我们提前开始营业。他从盘子里适当选了些菜，大方地盛出来请我们吃。然后从上了年头的冰箱里——那冰箱原本应该是纯白色的——拿出一瓶啤酒打开，开瓶的时候瓶身发出悦耳的声响。

薫大概适应了目前的状况，开始向七濑发问："这个人以前就很阴暗吗？"

"啊……该说是性格消极吧。以前在工厂中途休息的时

[1] 叠为以榻榻米块数计算房间大小时使用的量词。一叠约为 1.62 平方米。
[2] 兄弟相扑选手若乃花和贵乃花的简称。

候，我一直帮他找笔友。"

"啊哈。"她有点不好意思地笑着，看了看我。

七濑在吧台对面抱起双臂，又来了一句："这家伙总让我给他念笔友专栏里的东西，我都快受不了了。"我久违地把他的脑袋夹在胳膊底下。

"投降，投降，投降。"

"没有'投降'这个选项。"看到我和七濑像当年一样玩闹，她撑着脸笑了起来。

接下来七濑告诉我，他以前在的剧团因为资金运作原因解散，他以此为契机从工厂辞职，之后做了很久的公路施工引导员。那时下班后常来 BAR RAINY 喝酒。后来这家店的女老板患癌，将几个常客聚在一起聊了聊，最终把店铺交给了七濑经营。他从大盘子里抓薯条时手的动作，和当年在闪电泡芙工厂工作时用夹子时的动作一模一样。

"你该不会还想继续演话剧吧？"薰有些不放心地问七濑。

"一点儿也不想啦。干那行让我把钱都砸了进去，还看到了人世间最肮脏的部分。我再也不想那么细致地剖析人性了。"

"看来什么都知道，也不是多好的事情。"她总是不时说出一些顿悟的话来。

"人生没有什么'该不会'。"七濑笑着往我的玻璃杯里咕咚咕咚倒上烧酒。那天晚上从酒吧离开前，我以迟到的开店庆礼为由，在吧台上放了三万日元，说好今后还会带她一起来。

那段时间，我的经济状况突然有了好转。自打做上这份工作，公司就一直穷得揭不开锅。所谓事业上的转机，其实也不值一提。六本木一间有名的夜总会C，每个晚上都有不少影视界的大人物光顾。一点生意也接不到的时候，我们公司帮在夜总会上班的几个女孩子设计过名片和发给老主顾的手册。这些东西经过夜总会小姐的手之后，入了电视台大人物的眼，请我们负责美术设计的常规节目突然多了起来。就在同时，频繁使用字幕卡的娱乐节目也越来越多，公司趁势多招了员工，规整体制，各类工作成倍增长。泡沫时期明明早已过去，但和我们打交道的这些影视产业公司似乎多少还留有泡沫的影子。

和七濑重逢的第二天，庆祝一档人气娱乐节目斩获高收视率暨五周年纪念的庆典在赤坂公主酒店的大厅举行。主办方当场赠给签到处留下名片的所有人一人一台最新型号的索尼迷你光碟机留作纪念。有奖竞猜时场上放了一只箱子，里面一万日元钞票塞得满满的，猜对的人伸手进去抓钞票，一把能抓多少算多少。也有全额承担中奖者搬家费用或一整套家具费用的奖项。总之给人的感觉一点儿也不真实。这时候，我一周能有两天休息日，收入也稳定下来。几乎与此同时，饭局的邀约、其他行业的派对邀约、各类活动的邀约明显多了起来。我甚至感到困惑——这些人之前都藏到哪儿去了？我似乎忽然被列为社会中的一员，周围净是欢天喜地过日子的人，唯独我还没适应这迟来的快意人生。在奢华的派对会场上，我时常迷失方向，只是一味地逢场作乐。

当时我碰巧接下一项工作，为星期一到星期五早间综艺节目下方滚动的信息提供字幕卡。那家电视台的编辑部在新宿，于是 BAR RAINY 成了我和关口待命的地方。

因为是早间节目，准备工作大多需要在深夜进行。从那时起，为了紧急新闻发生时能及时应对、临时替换、变更字幕，我们这些负责美术的人也要待到节目尾声才能回家。一直留在没有窗户、四周都是编辑器材的屋子里未免太闷得慌了，七濑的店就在附近，又一直营业到早晨，所以我们养成了在店里等候的习惯。

我和关口经常一面喝着浓烈的烧酒一面打赌今天会不会

被叫走，就这样一气儿喝到天大亮；还有过酒兴正酣的时候被叫走，一身酒气奔赴现场的经历。

　　勉强理解七濑做酒吧妈妈桑的另一个原因——便是我小时候曾在祖母的酒馆里帮过忙。酒馆和酒吧多少有些相似之处，而这间酒吧的味道和七濑的厨师装扮，说不清哪个地方和祖母的那间酒馆以及祖母有点像。

　　传真机要么一声不响，要么响个没完，让人怀疑它出了故障的危险时期一去不返。公司业绩平稳，不再大起大落。一个再寻常不过的早晨，我照旧在 BAR RAINY 醒来。彼时我还年轻，精力还旺盛。偶尔有些小病小痛的，但没有大病的征兆。父母健在，又有稳定交往的女友。时过境迁，我依然能清晰地回忆起那个清早感受到的慵懒而深切的安稳和温暖。

　　雨点打在店里的玻璃窗上，声音猛烈。我和关口如往常一样等公司的联络，灌下三杯兑水的烧酒后，似乎是一个不小心便睡了过去。玻璃窗外明明雨声猛烈，却又有阳光照进屋里。烧水壶发出让人愉快的响声。我将眼睛眯开一条缝，看见自己横躺在客厅，身上盖着一条薄毛毯。店里收拾得整整齐齐，飘着味噌汤的味道。关口不知什么时候已经坐在吧台前，七濑一面切了豆腐放进味噌汤里，一面对他说："一会儿煎茶就煮好了。"

我本来有点担心节目的情况，一想到关口责任感很强，万一有急事，他就算一个人也会赶过去，便明白应该是没有出问题。

我沉浸在这类似人生闲暇的时间里，眯着眼睛看他们，困意又涌了上来。

"昨天那个坐在吧台角落的人，真的是曾经的日本职业足球选手吗？"

七濑检查米饭是否煮熟的时候，关口问。

"嗯，那孩子自己是这么说的。"

"欸。"

"对我们店来说，这样不是挺好的吗？"

"是这样啊。"

黄金街上每一家店的常客我都认识几位，不过我们都对彼此没有过多的好奇。我们大概都一样，只在某一家店的某一个瞬间是朋友或熟人关系——或者装作这样的关系，委身于夜晚的气息之中。午夜时分，黄金街上来来往往的贤者教会我一个人生必备的法则：人需要另一副脸孔，以便在住所之外扮演另一个自己。

酒吧里，客人们叫着彼此的外号，说着大话，交流各自的人生体验，这一切都只存在于那一个晚上。往往是去上了个厕所回来，发现刚才和自己聊天的客人就不见了。正因如此，大家才能说出平时无法对亲近的人说出的真心话，才能笑谈白日里沉重的烦恼。仅仅在这个瞬间，人与人之间的距离缩短了，我们接近彼此的人生，之后又回到各自所在的世界。

虽然我不了解具体情况，但关口一直说自己很久没有回过位于新潟的老家了，七濑也从没说过他有什么亲近的人。

不过此时此刻，束着一头掺着银丝的长发、捏着饭团的七濑，和从吧台另一侧微微倾身看他的关口，在我眼中，俨然像一对父子。

玻璃窗上的雨声更加猛烈，但阳光却真切地告诉人们清晨已经来到。店里一直开着的 AM 收音机开始播放川井由实的沙哑声线唱出的《中央车道》。在想睡却又睡不着的漫长时间里，我慵懒地想着，今天起床后要给薰打电话，对她说我爱她。如果这一刻的心情能一直不变就好了。明天、后天、很多年后，如果依然不变就好了。就算有人说这是做梦，也没有关系。

_ 在东京这座城市中深爱的人

准备在中目黑下车的我，此刻正在看印有低俗话题的杂志的吊环广告。这几个星期我勉强算是混进了影视圈，就算一直刻意不去看电视和杂志，却还是对这些东西有本能的敏感，看到相关的内容就移不开视线。

"护理大王不为人知的一面！与二十名情妇的情欲生活以及他和政界的蜜月期"。

关口又发来一条邮件。

"你是不是来不了了？"

"正在路上呢。"打完这行字，我窥视着地铁窗外的黑暗。

眼前那位抓着吊环的上班族昏昏欲睡。看他的年纪大概也就三十岁吧，抓着吊环的左手无名指上有一枚婚戒。他也有一段不为我知晓的相遇，有爱的人，有旁人不了解的二人世界的回忆吧。不过，在他一闪而过的回忆中，是否也有一个曾经以为无法取代的人，有一段没能实现的人生呢？

我又将目光投向低俗的吊环广告。一个面熟的男人的大幅彩照旁边有一张黑白照片，照片中的女人们眼睛的位置都用黑线挡住。我仔细盯着她们的脸看。

"丝，此时此刻，你在哪里，在做什么呢？"

1997 年夏天的一天，关口为了庆祝我拿到与新节目合作的合同书，带我一起参加六本木"REQUIEM 俱乐部"的一场奢华而疯狂的派对。

看护大王佐内庆一郎当时已经是东京十七家理念各异的咖啡厅的经营者、实干家。在他的"伙伴合作"公司成立十周年庆典上，我们公司负责制作活跃气氛的开场 CG 影像和楼层装饰等内容。

我们公司以做电视节目字幕卡起家，成长过程十分艰辛，一路走来不断扩大业务范围，例如，普通企业的宣传摊位设计、参与演唱会等演出活动等。

这段日子，关口常去西麻布十字路口附近的一家日光浴沙龙，一年到头都保持修身的黑色西装配克罗心领带的形象，在三宿町租了间四室一厅的公寓，周身上下散发着一股人生赢家的气息。

"我偶尔也得喘口气啊。"刚刚走进俱乐部，人们近乎癫狂的欢呼和DJ手上揉搓出的爆炸音浪便将关口的声音淹没。

我也一样赚到了钱，却无论如何也不习惯过与之前完全不同的生活，住宿和生活水平几乎没有变化。顶多就是买了一块劳力士，又在酒馆把它弄丢了。人们总是担心接下来的生活比现在更糟，与此同时，也许人们也害怕接下来的生活比现在更好。

我当然是第一次去REQUIEM俱乐部。一位面相严厉的俱乐部管理人带我们来到俱乐部的顶楼三层，走进一间平时只在画上见过的VIP室。关口一面端详三层的装潢，一面给了我一句忠告："VIP室里有个叫'丝'的女孩，别跟她说话，她是佐内社长的女人。""我可没那个精力。"刚听见关口这句话，便有一位模特身材的女性从我眼前经过。衣兜里的手机振动起来，薰只发来一句"晚安"。我感到她和自己所在的世界完全不属于同一个时代，温差极大，不由得对她有几分愧疚。

关口轻轻取走侍应生端来的马天尼，从衣兜里掏出一片药放到嘴里，一口气喝干了杯中酒。

"差不多得了。"

"就今天一次，就今天一次！"

也许是因为生活变化得太突然，他这段时间特别浮躁。VIP室隔音效果非常好，楼下舞厅的喧闹声仿佛不存在一般，空气中充满傲慢的气息，有一股麝香的味道。坐在黑亮亮的皮革沙发上跷着二郎腿，便能透过单面透视镜俯瞰下面一层蠢蠢欲动的一众普通客人。桌上放着宝石般晶莹的虾仁杯和烤牛肉，银色托盘中盛有许多加州卷。那位有模特风韵的女人在吧台那端望向我们。关口敏锐地发觉情况不太寻常，扬言道："今天一定要拼命和她们搭话哦。就算被甩了也没事，我管这个叫'成长的疼痛'。"说着又朝一对儿高个子女人举起了酒杯，做出干杯的姿势。我却早早受够了这种氛围，已经开始觉得恶心。

关口似乎对这间恶趣味到荒唐的VIP室相当满意，他得意忘形，双眼紧盯着脚下的普通客人，令人难堪地喊着："This is Tokyo（这才是东京）！"房间里装的监视器开始播放会场的画面和声音，一个在 J-WAVE[1] 深夜档做过 DJ 的男人穿一袭无尾晚礼服登场，煽动客人的情绪。"那么现在，请大家欢迎今天的主人公，伙伴合作公司董事长佐内庆一郎先生出场！"

那一层的灯光由亮转暗，开始播放我们由熬夜两个星期才做出的 CG 影像。类似格斗录影带的内容，引得场上阵阵欢声和爆笑。接着全场迎来高潮，全体客人一齐读秒倒计时。关口整个身子贴在单面透视镜上，和大厅里的客人一起大吼大叫：五、四、三……

想逃跑只有趁现在了。深陷在皮沙发里的我毫不犹豫地起身，却在这一瞬间被一双手用力按了回去。"请您落座。佐内先生片刻后会来这里亲自向您问好……"说话的人正是酒吧侍应生丝。

丝有一双清澈的眸子，留着黑亮的短发，是能给人留下深刻印象的美女。她身材纤细，却穿了一件紧身白衬衫，恰到好处地展现出胸部曲线。我看见这类女孩，便判定她与我不属于同一个世界，主动拉下心里的卷帘门。实话说，随意感受到她那俯视一切的目光，我就从心里感到发怵。

---

[1] 日本　家以东京都为放送对象地域的 FM 广播电台。

"您喝点什么吧。"她的压迫感令我彻底颓唐下来，硬生生地回答："喝什么都行。"楼下，佐内在镭射光和烟雾弥漫中出场，全场为之沸腾。舞台打出的追光把我们这间屋子的天花板都照亮了，人们狂热的情绪挤爆了大厅，隔着监视器也能感受到那份疯狂。

丝手法娴熟地为我调制了一杯饮品，薄薄的高脚玻璃杯底部沉淀着厚厚一片青柠。自那以后，我也在其他地方点单，但再也没喝过如此美味的金瑞奎 [1]。"这是用罕见的金酒和冷藏的另一种金酒在常温下微妙调和而成的。"后来丝教过我调法，我却丝毫无法再现那个晚上的味道。舌头碰到酒的一刹那，爽快的青柠香气在鼻子里晕开，冰块爽滑，没有一点棱角。

喝光第六杯金瑞奎，稍微有点上头的时候，佐内庆一郎现身了。他身后跟着五六个二十岁出头的漂亮姑娘，像古时跟在皇帝身后的妃嫔一般。

"哟，这位小哥，好久不见了。"我们其实没见过面，但我说不出口。

"是的，久疏问候。"

---

[1] Gin Rickey，鸡尾酒的一种，是以金酒、青柠和苏打水混合调制而成。

"对了对了，是西麻布。那会儿那个没意思的创业学生小哥。你还记得吗？"

佐内的黑色长发束在身后，身上的西装一看便知做工精良。门牙全部换成贴了纸一样白的假牙，浑身上下无论从哪个地方也看不出他已经年过半百。他满意地笑着，向我伸出手。边笑边主动搭话的人都不是好人，这是我的座右铭。

一位上过电视的知名时尚杂志主编凑近佐内，报上几个谁都知道的女艺人的名字。时尚杂志的对谈专栏打算请佐内当嘉宾，只见他笑呵呵地站着和主编聊了几句，三言两语就选定了对谈的女艺人。

公司必须接下一切工作的那段日子里，哪类人给了机会我们都要认真对待。最终我们无奈地发现，那群最低劣的人，其实打心底里爱着东京这座城市，熟悉它的每一个角落，也在慢慢啃噬着它。

大概三个月后，伙伴合作社因涉嫌逃税接受警方搜查，佐内下台。不久，周刊杂志又爆出他暗地里经营多家不同类型风俗产业的消息，他不得不暂时离开公众视野。没想到逃税案奇迹般地取消了起诉，佐内又介入看护界的新兴企业和娱乐活动，逐渐成为业界风云人物。被东京溺爱的人，往往也出奇地顽强。

那个晚上短暂地寒暄过后，佐内拉拉杂杂地讲起自己前段时间在巴黎时住的是一晚要价一百二十万日元的别墅之类的事情。他的脸越来越红，明显情绪高涨，仿佛傲视整个东京般笑着，指着一个女人问道："你今天，能跟我睡吗？嗯？"关口丝毫不掩饰自己的好兴致，朝女人抛着媚眼。我坐在一旁，冷眼旁观这非同寻常的对话。"限你五秒以内作答。预备——开始！"也许对大家来说这一切都已经是家常便饭，一旁的人们都若无其事地各自闲聊着，侍应生也忙着给客人们递鸡尾酒。

"能！其实我巴不得呢！"

那女人毫不迟疑地作答，和身旁的几个女伴击掌，露出空洞的笑容。就在这时，丝突然附到我耳边："一会儿佐内董事长会去那做 DJ，给大家一个惊喜。"果然没过多久，佐内就叫上丝，两人一起下了楼。房间门刚一关上，留在屋里的女人们就都开始摆弄自己的手机。之前被佐内勾搭的女人移步到吧台那边，和刚才的杂志主编聊起天来，看样子心情不坏。关口已经有些醉意，又将一片药像吃 Frisk 润喉糖一样扔进嘴里。

我穿过细长的走廊，快步走下旋转台阶，路过一个白人男子和衣着暴露的日本女人，两人正像异形捕食动物一般激吻。打开楼道里员工专用的铁门，街上的热风和潮湿的空气立刻缠住我的皮肤。"呼——"地吐了一大口气，我正准备朝十字路口的方向走去，突然有人在背后叫住了我。

"喂。"

意料之外的声音引得我回过头望去。只见身后站着目光清冷的侍应生丝，也不知是谁让她来找我的。

从下流而杂乱的空间里跑出来，站在六本木街上的丝，在路灯下连影子都不太真实。她身后是高耸的东京塔。

丝一双清冷的大眼睛里，闪烁着美丽和不安。她抱着双臂慢悠悠地走在街上，也不知要去哪里。我不由自主地跟在她身后。

"找到了。"

丝的目光飘忽，说话时空气中飘着一股酒精的甘甜。

"我，找到了一个对这世界绝望的人，很得意呢。"

"这可不是什么夸人的话。"我被她周身散发的妖艳压制得无法动弹，勉强才做出回应。

"才不是呢。"也不知道她认为"才不是"的，究竟是什么。

蜿蜒行进在外苑东大道上的敞篷车里传来黑金属音乐的激烈声浪，迎面吹来一阵清凉的微风。

"我还是第一次在那间屋子里遇到和自己有一样眼神的人。"丝笑得像个天真无邪的小女孩。

下一个瞬间，她忽然把脸凑到我面前，鼻子和鼻子快要撞上的距离。我闻到她锁骨附近男士香水的味道。

"我说——"丝大声讲话。

疾驰在公路上的跑车，发出割裂黑暗的引擎声，也割裂我们。一段沉默在我和她之间降临。我情不自禁地凑近她的脸，丝的手心忽然挡住了我。

"喏。"

"嗯？"

"你不觉得我们应该还会见面吗？"她说完眯起眼睛，嘿嘿地笑了。

"告诉我你的手机号码吧。"远处传来警车的鸣笛声。

_她被陌生男人抱住的九十分钟，漫长得像永远

1997 年夏天。她这段时间只对 EVA 感兴趣。《新世纪福音战士剧场版 Air/ 真心为你》。她想方设法买到了预售票，邀我一起去看。我们跑进深夜的新宿米兰座，去看当天最后一场电影。电影演到一半时她明显已经睡着，却在银幕上开始滚动演职人员表、散场灯光亮起时边说"真好"边笑。现在我已经完全想不起电影内容，也正因为想不起，那部电影至今仍然见证着我的青春。散场后我们在摩斯汉堡 [1] 里就"人类补完计划 [2]"争论了好久。她咬着炸洋葱圈，恍然大

[1] 日本连锁快餐品牌，"米汉堡"的发明者。
[2] 《新世纪福音战士》中的关键情节。

悟似的："下次见面就是秋天啦。"

此时她已经辞掉仲屋梦幻堂的工作，和一家给全国的亚洲杂货店之类店铺做商品代理的公司签了劳动合同。第一次安排她去印度采购时，她觉得自己终于拿到一个大项目，又加上目的地是惦念已久的印度，简直乐得合不拢嘴。

"我到了那边就给你寄明信片哦。"尽管我一点也不觉得孤单，却还是闷闷不乐。后来她要买一些旅途中必备的东西，我们在东急 Hands[1] 前面分别。往车站去的路上，我的手机收到一条信息，内容只有一个陌生的电话号码。我慌忙给那个号码打了电话，听到丝的声音："涩谷有一家名叫 'bar bossa' 的店我很喜欢，要不要一起去啊？"我犹犹豫豫地给出一个零分的回答："去 Royal Host[2] 吃海鲜焗饭也不错啊。""你这人真是很奇怪。"

与丝再次见面，竟真的是在涩谷的 Royal Host。之后我们去看了东急文化会馆八层的天文馆。

碰面的时候已经过了午夜十二点，两个人当天的工作都结束了。丝大概很少有以素颜示人的时候。我们每次都在

---

[1] 日本连锁商店品牌，主营日用品和文具。
[2] 日本连锁餐厅。

"REQUIEM"俱乐部不远处一座只有两条长椅的冷清公园里碰面，丝穿着自己休闲风格的衣服，双手抱膝坐在长椅上，变回一个随处可见的普通女孩。丝沉醉在音乐中，我轻轻拍一拍她的肩膀。然后，她便把耳机的一边塞进我耳朵里，凡妮莎·帕拉迪丝的 *Be My Baby* 正放到一半。

"那个，'丝'的真名叫什么？""丝——""我在问你的真名啦！""就叫丝啊！""哪有人叫这个啊？""叫这个的人不就在这里吗。"她说着笑起来。确实，她那时就在那里。

丝的房间在五反田风俗街的一角，六层建筑最上面的一层，一居室的屋子四壁刷白，像短租公寓一样简单朴素。桌上只放着一个纸巾盒。无印良品的床旁边有一只小号的半透明塑料垃圾桶。烧水壶和电话的接线缠成一团，随意地横在地板上。还有一台超大号的电视，房间角落里摆着一个低矮的木质书架，架上杂乱地放着女性杂志、少女漫画和 DVD。窗玻璃角上的裂纹格外惹眼。

"住在这间公寓里的人啊，所有的女孩子，都是做风俗生意的。"她边说边将泡着立顿茶包的马克杯递给我，提醒我不要被烫到。那天是我第一次走进丝的屋子。

"嗯？也就是说，你也是喽？"我接过杯子反问。"嗯。"她嘿嘿一笑，一下下吹着滚烫的红茶慢慢喝着。"你很需要钱吗？"我问出了这个直白又冒失的问题。"嗯……确实有这方面需求，而且从年龄上来说，我打算在两年内站上海外的舞台。"丝说着有点认真起来，说了一句让我很受打击的话，"其实是佐内介绍我做这份工作的。""欸？什么？这是什么意思？""他来帮我出房租、英语学校的学费、舞蹈课的费用，只要我接下这份工作。""嗯……为什么？我真的不太明白。""也就是说，他喜欢让自己的女人被其他男人骚扰。"

丝说这些话的时候，并没显得有多难过，更像在复述谈论过无数次自己的梦想与未来。说完还笑着补充一句："不过我挺喜欢他的。"

"刚才那栋有便利店的大楼旁边就有个风俗介绍所吧？""啊，是有一个。"我回答时尽量保持平静。"客人在那边办好手续，和指名的女孩在便利店见面，然后到这边的屋子里做爱。有意思吧？"

在自己的房间里进行风俗活动，在业界也属于违法行为。周刊杂志后来做过一篇煞有介事的报道，称佐内在赤坂见附和涩谷都开了会员制的高级卖春俱乐部。现在还能在网络留言板上看到相关传闻，说一些在职的写真偶像和模特也在俱乐部工作。当然，一切真相都不曾水落石出。

紧接着，刺耳的电话铃声响了起来。"你看吧。"丝在铃声响起一次后接起电话，十分熟练地听电话那头的人告诉她接客时间和客人的装束，边听边记在 PHS[1] 里。

"好的，那我这就过去。"她说完挂上电话，朝我恶作剧般微微吐了吐舌头。

"吓了你一跳吧？""没，只是……""只是什么？""怎么说呢……""怎么说？"丝咬住话头不放。"没，只是，应该说，我对这些根本不懂。"我说话时努力不去躲避她的目光。

丝不知何时已经穿上粗斜纹布的大衣，准备动身："现在我去便利店和客人见面，我们会用这间屋子九十分钟。""哦，嗯。""完事了我联系你！"她的笑脸和平时一样，仿佛什么都没发生一样。

我们匆忙收拾一番，一起走出屋子。"啊，我把桌上的红茶忘在那儿了。"我说。"没关系，客人们反而喜欢这样。可能因为显得真实？""是吗……"

电梯里，丝抱着双臂，盯着变换的数字。门一打开，她立刻放开双手，说了一句"一会儿见"就头也不回地走了

---

[1] Personal Handy-phone System 的简称，与手机类似。但由于采用的技术不同，所以信号覆盖范围比手机要小。在中国简称"小灵通"。

出去。

　　大概五分钟后，丝挽着一位二十多岁的年轻男人走了回来。对方怎么看都是那种一板一眼的公司小职员。刚才对我绽放的笑颜，如今给了那个男人。两人十分自然地消失在公寓里。

　　我在楼下盯着那间屋子亮起灯来，十分钟左右的工夫，房间里突然漆黑一片。

　　我靠在公寓旁边停车场的围栏上，哧溜地滑下去，双手抱膝坐在地上。从衣兜里翻出丝以前借给我的迷你光碟机，把耳机塞进耳朵。听到一半的 Jamiroquai[1] 爆裂的声线开始流淌。

　　她被陌生男人抱住的九十分钟，漫长得像永远。

---

[1]　英国流行乐团，组建于 1993 年。在全世界范围内销售 2000 万张唱片。

_ 一居室的天文馆

丝屋里的灯熄灭后，我感到时间慢得让人绝望。看一眼表，刚刚过去不到二十分钟。我放松身体，甚至压弯了围栏，抱着脑袋嘟囔着骂自己。

　　"我都干了些什么啊。"

　　我从未觉得九十分钟会如此漫长，脑子里丝毫理不清头绪，情绪压根儿追不上事态发展。我现在应该是什么情绪呢？嫉妒？兴奋？都不是……我也许是疯了吧。一般人肯定会掉头走人吧？不然我现在就走？不……离开可能是最伤害对方的做法吧。可是一会儿我还能若无其事地去见她吗？不对，正常人都得这样做吧？我心里一团乱。因为混乱，感情的抽屉全都同时被粗暴地拉开，我满脑子无用的想法来回转，以至于待在原地无法动弹，只好读停车场牌子上写着的注意事项来打发时间。

我从书包里拿出两天前她突然寄给我的明信片。照片中有一叶扁舟浮在满天星空照耀下的恒河上，显得有些孤寂。背面只用浅绿色的彩色铅笔写着："到我这儿来。"好远。我第一次觉得她好遥远。她好像乘上了那艘孤独的帆船，渐行渐远，一路往这座星球上我不认识的远方漂去，漂到比什么印度还要远的、我怎么也喊不回的地方去了。

东京的夜空只能看到孤零零的几颗星星在眨眼睛。"你知道日本人第一次想要征服南极时说过什么吗？"上个星期在惠比寿的一家居酒屋，丝一面津津有味地喝着凉丝丝的柠檬味鸡尾酒，一面问我们这个问题。"嗝！说了什么？要走煽情路线了吗？嗝！"聚会到一半加入我们的关口已经喝得烂醉，不停地打着嗝。"我忘记听谁说的了。"丝也离烂醉不远了。"说了什么说了什么？"我咕咚咕咚地豪饮掺了碳酸的嗨棒。

"载着男人们的船破冰远航。"

丝把居酒屋的筷托当成了船，突然开始说话。

"以抵达南极为目标的船员们迎来一段短暂的休息时间。

这时，一位船员的妻子给他发来了爱心邮件。""邮件吗？是电报吧？"我在一旁协助。"对的对的！就是那东西。发的信息越长，花钱就越多的东西。所以那个妻子，就只发来三个字。三个字。'あたし'[1]。我真喜欢这句话，觉得它是最浪漫的。"

说完，丝将湿巾盖在眼睛上，往桌子上一趴，不再动弹。

"喂——就三个字，为什么还要拍电报呢？"我戳戳她的脑袋，但她默不作声。

接下来的故事，丝没有在那天晚上告诉我。准确地说，是她没能回答我的问题。她在桌上睡着，开始打呼，我把她的脸扯得像一只斗牛犬她都毫无清醒的迹象；只是呜咽着挥开我的手。关口在榻榻米的坐席上伸展成一个"大"字。掌柜的指着他说："行了，你回去，把这家伙扔在这儿吧。我把他放进冰箱里。"我打了辆出租车，费力听着丝口齿不清的指示，好不容易才将她送到公寓门口。

我靠在绿色漆皮蚀得锈迹斑斑的围栏上，几乎要和它融为一体，整个人像被抽干了灵魂的空壳一般。手机忽然响了，

---

[1] 日语中的第一人称代词，指"我"。日语中有许多第一人称代词，上文中的"あたし"与最常用的"わたし（我）"不同，通常为女性在面对亲近的人时使用。

看一眼表，已经过去了九十多分钟，大概到了凌晨两点。

"你在哪儿？"电话那头丝的声音比平时任何时候都低沉、惊讶。"停车场的围栏这儿……"我说。"喜欢你！"她突然对准话筒大声喊道。"什么啊！""什么都喜欢！"没过多久，她就踩着公寓外面的楼梯下楼来，脚步声极大。"我说——"我刚开口，她便跳起来抱住了我。

"干吗干吗？你这是怎么了？""高兴！"她很用力地紧抱着我。这是我第一次看到丝如此开心，也是最后一次。

"先掉下来的人要请客吃饭哦！"丝用整栋公寓都能听见的声音大喊，接着开始顺着围栏往上爬，两手张开，像走钢索的民间艺人一样，左摇右晃地跟我说话。

"喂，你能说出几个世界遗产？""世界遗产？嗯……首先是那个，马丘比丘。"我也摇摇晃晃地回答。"万里长城。""吴哥窟。""欸……"

两个无路可走的人的声音，在周游世界。那时候我们能够做到的，仅仅是装作什么问题都不存在，在一座普通的停车场围栏上撒野。我们只能在这短暂的时间里，将忧愁的东西卸下，放在地上。

那天晚上，丝在回公寓的路上讲起了自己的工作。"我呢，也不可能一直年轻吧。"我在便利店买罐装苏打鸡尾酒和隐形眼镜护理液时，她对我说。"嗯。""总不能一直这样，还是有风险的，所以我想认真地给它画一个句号。"她边说边把巧克力酥卷放进我的购物筐。"要是能重新活一次，你想转世成为谁？""这个嘛……你想成为谁？"她没有回答我的反问，继续说道："也许这样说不太好，但我并不怎么讨厌现在的生活。"说完，她用力抓住我的左手手腕。

五反田的夜晚，到处都是闪着"健康"两个大字的灯牌，或洗浴服务店粉红或蓝色的霓虹。屋子里没有窗帘。丝刻意没有装窗帘，说是因为外面的霓虹照在天花板上的光很好看。我喜欢在那间像装了投影的猥琐的房间里，一边看丝的客人留下来的 DVD 和杂志，一边和她说几句无关痛痒的话。

我们很像。都有喜欢的人，被他们的优点吸引，渐渐无法容忍自己的缺点，多少有些卑劣。

"对我来说，你来得太晚了。"午夜时分，丝模仿当天看的《机动战士高达》的台词，半开玩笑地歪着头，做出一个询问的表情。美丽的光渐渐变了形、变了明暗、变了颜色，最后消失不见了。我坐在地板上，靠着墙，闭起双眼。拉拉·辛[1]说出那句话后，阿姆罗[2]的回答是："对我来说，你来得太突然了。"

五反田的街就要醒来，映在天花板上的霓虹灯光慢慢淡了。

---

[1]　《机动战士高达》中的角色。
[2]　《机动战士高达》中的角色。

_原来我们都没长大

她从印度回来后，我们约在涩谷旁边一家名为雷诺阿的茶室，室内冷气开得十足。"来，给你特产"——她说着将一套明显质量粗糙的赛·巴巴 [1] 贴纸套装递给我。

　　大概一个月没见的她晒得黝黑，还婆婆妈妈地向我念叨恒河的沐浴，以及在火车站等了一夜车的事。还说有一群小孩围着她，硬要她买一种不知用什么东西做的甜点。她绘声绘色地给我讲那些故事，我从没见过她脸上那么生动的表情。

　　我也不甘示弱，像开了闸的洪水一样一股脑儿地把她不

---

[1]　Sri Sathya Sai Baba（1926—2011），印度教上师与精神领袖，慈善活动家和教育家。

在的这一个来月发生的大事讲了出来。事情发生在两个星期前的一个深夜。一个一直强迫我们压低价格的电视节目制作人突然给关口打来电话："总之，从这个月开始你们得给我打六折。否则就不跟你们合作了。麻烦你再改一下申请书。"他讲完这些，就挂掉了电话。关口举着话筒，周身散发出糟糕的气场，只说了一句"那家事务所今天有外景拍摄，半夜两点肯定没有人"。这就是一切的开始。

"先是关口把公司的货车横在楼下，我毕竟也两天没睡，此时情绪全上来了，把一根原本是拍摄道具的木质球棒握在手里。"

她"嗯嗯"地附和着，好像我讲的事情是深夜电视剧里容易发生的情节，边听我说，边骨碌碌地拨弄着玻璃杯里剩下的冰块。我想进一步吸引她的注意力，投入了更多感情，有点急切地想把故事继续下去。

"然后我们就开到那家事务所，关口夺过我本来想用的木质球棒，对着他们的自动门玻璃，'咣当——'一下子！"

她恰到好处地让骨碌碌转着的冰块停了下来。

"嗯，准确地说，我们做的事情是不对的啦。不过啊，那天晚上一想到还要一直在影视圈的底层被人揩油，我们就怎么也忍不下去了。关口和我在社长出面解决后，不可思议地只用一点儿赔偿和几句道歉的话就把这事解决了。但真的是越想越不爽。"

"我有时候觉得吧——"她突然开口说话,"肯定不是所有男生都能变成成熟的男人。"

"欸？嗯……"没想到她对我的故事丝毫不做评价,自顾自地说起别的来,我愣了一下,假装什么都没有发生。

她则像要掩饰什么似的,嘿嘿地笑着。

我不明白她为何会有这样的举动,于是感到一种无法言说的焦躁。世上没有诸如我是"凸"、你是"凹"的简单拼图,大多数情况下,我都是"△",你则是"☆"。如果当年我们能笑对这不完美的错位,也许我们今天还在一起。

但是,那时的我根本想不到这些,而是情不自禁地说出一句没度量的男人垂死挣扎的专属台词:"喂,我们要一直在一起哦。"

她将已经空了的玻璃杯放到嘴边,仿佛有点困惑地问:"一直,是什么意思？"

我们结束了这段有点没头没尾的对话,来到神泉附近那家情人酒店。走进房间,随便打开电视,娱乐节目的主播正使用展示牌,字正腔圆地播报无关痛痒的杂谈。她笑着说:"这种节目真是无聊啊。"确实很无聊,只是我一点也笑不出来。因为做那块牌子的不是别人，而是我。

　　我近乎羞耻地觉得，我的烦恼、活动范围和身边的人，都太不起眼了。明明很清楚她没有任何恶意，却感觉她要绕着弯子指给我看："你还要在那个狭隘的世界里活多久？"不知从何时开始，她身上那种曾让我心驰神往的自在洒脱，已经将我逼上了绝路。

　　早晨的中目黑，为了保有一块自己的空间，每个人都显得有些杀气腾腾。我分开挤在台阶附近的一群年轻人，好不容易才走出正面的检票口，找寻关口的身影。看了一圈，都没见到一个和他相似的男人；又放远目光，在交通灯对面的站食荞麦[1]面店寻找目标。一辆黑色的小面包车停在我眼皮底下，看到驾驶员，我便知道那是公司的车。用智能手机拨通关口的电话，小面包车后排的窗户缓缓摇下。"忙的时候打搅你，对不住啦。"电话那头传来关口的声音，我看到车里有一根燃着的香烟高举起来。

---

[1] 日本有一些小店，为了节省空间并提高客人流动性，不设座位，客人只能站着吃完。不过价格也会相对低廉。

_你去旅行的几个理由

中目黑的检票口有雨的味道。我穿过十字路口，坐进那辆小面包车，车里满是香烟的味道。电台 DJ 操着一口没什么英文口音的男中音，正在讲恋爱话题。

"恋爱，是一场空欢喜。也就是说，它是个空壳。无论那场爱多么轻率，或是如何命中注定，一切都是空欢喜。答案其实只有一个："随你的便。"而所有的音乐，都是陪伴恋爱的背景旋律。接下来的一首歌曲是 UA 的《无尽夜晚的脚步声》。"

歌声开始在车载收音机中响起，填满整个车内空间，窗外的风景随着音乐逐渐变化。

尽管我再三说过，不能在这辆车里吸烟，味道的痕迹还是很明显地粘在了座椅的罩布上。

"受伤的地方吱吱嘎嘎的。"我把左手手背伸给他看。

"也就是说今天会下一天雨喽。"

"你啊，为什么又用公司的车了？"关口听我这么小声嘟囔，便伸手搂住我肩膀："就允许我这最后的任性吧。"

"你说郁闷，是发生什么了？"

"昨天吧，在武藏小杉那里发生了交通事故。"关口切入正题。

"怎么又有一个人选择在昨天那么好的天气里去死呢？"

我嘟囔着，一面扫视窗外路过的长发女白领，一面将座椅放倒。

"说不定是想选一个清爽的早晨去死吧。推特上给的信息很全面了，四十三岁的公司职员，连公司的名字都有。"

"和你一样大吗？"

"也就是说，昨天有一个四十三岁的人死了，还有一个四十三岁的人辞职了。"

"你啊——"

"哎呀。在面临人生重大抉择的时候，我们往往是没有自由的。"

"你这是什么话嘛。"

"这是七濑说的。其实就是'随你的便'的意思。"关口又点燃了一根香烟。

大雨突然倾盆而至。一群上班族把皮包顶在脑袋上跑进车站。我摇上了车窗。

电视节目每三个月会重新排一次。每次都要经过筛选，确定某个节目是取消还是继续。当我们这些基层人员得知工作地点在新宿的早间综合电视节目被叫停的时候，节目表基本上也快对社会大众公开了。还来不及和七濑打声招呼，公司又承接了台场一家电视台的节目，这次要求我们负责星期一到星期五中午的新闻时间。于是，工作日几乎离不开台场的生活在紧张忙乱中开始。之前频繁出入黄金街的日子，一去不复返了。

半年后，我和关口因为一期综合节目的企划工作又一次来到新宿黄金街附近。我们都毫不犹豫地选择了BAR RAINY。

走到店前，才看见门口上了锁链。门上只用透明胶带贴住一张纸的四角，纸上写着："一直以来，多谢关照。"

最后一次见到七濑，是在新宿歌舞伎町的风林会馆附近。当时他虽然没穿着女装，我却从右脚稍跛着走路的背影一下子认出了他。他上身着一件鲜艳的粉色夏威夷衫，下身穿一条明显过短的短裤，两只手提着超市里的购物塑料袋，大声咒骂挡住人行道的牛郎打扮的年轻人，叫他们让路。此时的七濑看起来与从前的他判若两人，我甚至没主动和他打招呼。

听说 BAR RAINY 已于三个多月前匆忙闭店，七濑为了躲避追债，甚至逃出了东京。

"没有谁是求着父母，让他们把自己生在这个时代的吧？能自己决定的事情，不过就是今晚喝哪种酒罢啦！"曾几何时，七濑一喝醉酒就会摆出厌世的做派，扯上这副论调。见到吧台上有谁心情烦躁，还会再加一句："人生真正面对重大选择的时候，我们是没有自由的。顺其自然吧！"

后来，我们又迎来第三次搬家。那时我刚刚搬到麻布十番不久，行李还没完全拆开。一天午后，我没有工作安排，正在沙发上裹着毛巾毯睡觉，听到手机响了很多声。宿醉后胸口的烧灼感和剧烈的头痛正袭击着我。我决定暂且不去理会，奈何铃声根本没有停下来的意思，只好闭着眼睛，朝声音的方向伸手摸索过去。

"喂。"好容易下定决心接了电话，对面就响起一个男人气喘吁吁，却连珠炮般地发问。

"你现在在看电视吗？"

"欸？没在看啊。"

"秋叶、秋叶、秋叶原。"

"您是哪位？"

我睡眼惺忪地拿起遥控器打开电视。每家电视台都在直播秋叶原的现状。电话那端的男人话讲得太快，一开始我没听清楚内容。

"是我，是我，七濑。"

"七濑？怎……怎么了？"

"当时工厂的同事在秋叶原干大事儿了。"

"哈？"

那天是 2008 年 6 月 8 日。七濑很兴奋。"我之前也总在想，干脆从那工厂辞职算了。可是啊，老出现各种原因吧。喂，你有在听吗？"电视的实况转播呈现出街头令人难以置信的惨状。镜头陆续闪过看热闹的人、警察和媒体队伍，画面中乱作一团。我也睡意全无，把手机举到耳朵旁边，看着这幅情景[1]。

"话说回来，不知道黄金街的朋友们都还好不好？你说，奥椿的老板还那么爱生气吗？我倒是跟蜂鸟的虹子通过一次电话！"

我只是一直盯着电视屏幕上的惨状。

"你啊，还在上班吧？还在做与电视相关的工作？能不能借我点儿钱？喂，喂，就借这一次！"最后他说，"还想再和你喝酒啊。一起去喝酒吧！"说完挂上了电话。

中目黑的雨没有要停的意思。收音机里正在播昨天电视里看到的拳击争霸战的消息，冠军第三次成功卫冕。不知他的幸运还能持续几次。播音员简短地提到，挑战者有一位未婚妻，挑战失败后，两人在出场通道上拥抱。人只要活着，就总会遇到言语无法安慰的事。那时候只要有一个人陪在身边，语言也就不再是必需的了。

车里突然吹进一阵疾雨，夹带着风的声音。

被关口吩咐去买黑咖啡的司机一脸抱歉地坐进车里。

"对不起，没有黑咖啡。买的是奶咖。"

---

[1] 日本当地时间 2008 年 6 月 8 日下午 12 时 30 分在东京都千代田区秋叶原所发生的随意杀人事件，犯人为 25 岁的男性加藤智大，事件共造成 7 死 10 伤。

关口从司机手中接过热咖啡，将其中一杯递给我。

"就算事情不在自己的预期，也要跟着叫好。这才是成年人该做的事。"他对司机说。关口是我还没被社会接纳的时候认识的最后一个人，如今连他也要离开我身边，离开这条街了。关口显得多少有些神清气爽，想必他一定也有自明天起便没了饭碗的不安。只不过，卸下重担后，人独有的那种清爽感到底还是有的。我为那份不安所困，今后也将继续出卖自己的时间；而关口选择买下不安，踏上旅途。

这二十多年来，数不清有多少人离开了公司。在我心里的某个角落，总希望还能再见到他们。渐渐地，曾经无比想逃离这里的我，生活重心不知什么时候已经开始深深扎根在这条街上。尽管拥有的一切都微不足道，也帮不上别人，至少这里有了我的一席之地。我故事的第一页，就从开往东北方向的新干线上，她冷不丁说出的那句话开始："重要的不是去哪里，而是和谁一起去。"

司机嘎吱嘎吱地转着车载收音机的调频旋钮。摇滚乐、民谣、DJ 打碟的声音快速切过，没有固定在某一个频道上。雨下得更大了，雨点不断敲击着小面包车的车顶，发出没有规律的声响。

_ 那些家伙的脚步组成的音乐

"天亮啦。"那天，丝带着十分温柔的笑容叫我起床。这是我第一次在丝的房间睡到天亮。窗外的雨声像浴室喷头的水声一样，时钟已经指向一个不可思议的时间。我急忙给关口发了一封邮件道歉，告诉他自己今天会迟到，收拾身边的细软。丝一开始抱着膝盖坐着，然后直接倒在床上蜷起身子。我睡眼惺忪地在额前的碎发上胡乱涂了些啫喱水，对着还在发呆的她说："那我走啦。"

　　"嗯。"丝大睁着的眸子里并没映出我的身影，似乎她的心并不在这里。沉默持续片刻，丝一如往常地叫我，"亲爱的。"

"嗯？怎么了？"

"你忘带东西了。"

"啊，好像并没有忘带什么啊。"

"是哦。"丝说着对我笑了笑。

"我走啦。"

"嗯。"大门关上的瞬间，丝在床上转身背对着我，举起一只手握拳，挥了挥手。我愣了片刻便回过神来，为了不迟到，匆忙从楼梯间跑了下去。

第二天早上，各家电视台的新闻都报道了国税局监察部的人到佐内家和他名下的房产所在地搜查的消息。REQUIEM 俱乐部自然难逃一劫，检察官还走进佐内的几个情人的家里，事先得知消息的媒体跟了过去。丝在五反田的公寓似乎几天前就有媒体埋伏着，一下子跑出一群人，闪光灯闪个不停。我在电视台的员工室看到了这些画面，佐内的家和 REQUIEM 俱乐部的 VIP 室都在影像资料中出现，播音员一脸惊讶地对屋子里一面镜子墙的背面有一间隐藏房间这种无关紧要的事实做出报道。电视台的大人物们都聚到一起，边看新闻边闲聊起来："如果我是他就自杀了。已经享受了一辈子啦。"

周刊杂志开始披露佐内的情妇中有几名遭遇他性暴力的

内情。那天在六本木的 VIP 室里迅速笑着回答佐内，表示愿意跟他干一票的女人以受害者代表的身份出现，接连数日在电视综艺节目里哭得梨花带雨的，成了众家电视台争抢的宠儿，真让人忍不住想笑。我尝试给丝发过很多封邮件，她个人用的 PHS、工作电话也没少打，却始终杳无音信。丝在这个世上没有留下任何痕迹。

我只去探访过一次已成为空壳的五反田公寓。那是各界对佐内家宅进行搜查的几天之后，那些铺天盖地的媒体大部分已撤离。我靠在公寓旁边的停车场围栏上，抬头看了一会儿丝的房间。窗外的霓虹照进她没挂窗帘的房间，我想再听一听她留在我这里的迷你光碟机，可电池已经用尽，耳机里已听不到任何声音。

如今，REQUIEM 俱乐部的原址上建起了气派的商区。五反田的公寓被拆除，盖了一栋五层的办公楼。旁边的停车场也改成了分售住宅，街道逐渐变了样子。

这个社会依然同以前一样，一旦逮到闹出丑闻的艺人、政治家、名人和黑心企业就抓住不放；爆出的丑闻还没收场，已经又盯上了下一个目标，如此循环往复。每天的祭品都不同，就这样，人们对佐内的疑惑，连同丝和那些女人，都在不知不觉间被人们忘却了。

司机将调频收音机的音量稍微调高。

"那消失的一亿日元，真的是丝干的吗？"关口像是要在离去这条街道之前做一个总结，一面按着手机，一面又抛来一个唐突的话题。

"一亿日元？"我对这件事完全没有印象。

"你不知道吗？佐内事务所金库的一亿日元消失之谜。"关口饶有兴致地在谷歌里输入"佐内 一亿日元 情妇"几个关键词进行搜索，并把结果拿给我看。

"她没给你的账户里打点儿钱吗？"关口边说边嘿嘿坏笑着。

"我没有一点儿她的消息。"

"那孩子当时也算是能把人迷得神魂颠倒的女人哪。"关口死不悔改地掏出最后一根香烟。

电台 DJ 正表示对现代社会人际交往简单化的担忧。

"以前，我们的前辈们曾在有限的字数中努力传达对远方爱人的思念。只用三个字去表达。"

我瞥了关口一眼。他正庄重地准备点燃香烟。男中音DJ 以略快的语速继续广播。

"1957 年，日本第一支南极考察队接近南极。在当时，电报是很先进的技术。那时候，有一位妻子给朝南极进发的丈夫发了一封简短的电报。嗯——真是浪漫啊。"

我脑海中浮现出丝当年醉酒后红扑扑的脸颊，还有玄关大门关上的瞬间，她背对我挥手的样子。

"就这样，这位妻子仅仅用三个字，在电报中寄托了她全部的爱意。没错，她只用三个字表达了爱：あなた[1]。"

关口从开着一点缝的窗户中间，熟练地把嘴里的烟吐出去。

隔了时差和车载收音机，我终于领会到那天早上丝想向我传达的情感。小面包车的后视镜中映出我的脸，一如当年凝望天文馆般梦幻的天花板时的模样。原来丝那时就已不打算和我再见。其实我早明白这个事实，但在那一刻，我才接受了它。

"那个，丝的真名叫什么？"

"*丝——*"

"我在问你的真名啦！"

"就叫丝啊！"

"哪有人叫这个啊？"

---

[1] 日语中的第二人称代词，指"你"。但女性对伴侣使用这一称呼时，多带有亲昵的情感，类似中文的"亲爱的"。

"叫这个的人不就在这里吗。"她说着笑起来。确实，她当时就在那里。

"关口，如果能重新投胎，你下辈子想当什么？"

"才不要呢，我还不想死呢——"

"认真回答我啦。"

"这个嘛。想变成贾斯汀·比伯 [1]，每天去夜总会。"

司机忍不住"扑哧"笑出声，车喇叭短暂地响了一声。

---

[1] Justin Bieber，1994 年 3 月 1 日出生于加拿大，15 岁作为男歌手出道后一炮而红。

_永远也已过了一半

1999 年的一个湿度较高的夜晚，传说中恐怖大王必定要来的 7 月也已经过半。这一天狂风暴雨，关东地区发布了洪水警报。涩谷一带的降雨量非常大。我和薰躺在封闭的情人酒店里的客房床上，能清楚地听到雨和风的声音。无论地球是否灭亡，我们都只得留在原地，于是只能回归一成不变的日常生活。我们像往常一样，在一团漆黑中讲述着这一星期所发生的事。这是自四年前我和她来到这里的那天开始，一直延续下来的习惯。有一个住在三层、有一双凶狠的眼睛的黑社会青年，染着金发、剃着寸头的同事，客户强塞过来的蛮横要求。这一件件往事，似乎在那间客房里逐一往生。那一天十分寻常，不过是逢上夏日里极为普通的一个坏天气。但那一天，却是我和她在那家情人酒店度过的最后一天。

我裹着僵硬的薄毛毯沉入睡眠，天蒙蒙亮时迷迷糊糊地醒过一次。耳边听得到她沉沉的鼻息声。昏昏沉沉的意识中，脑海里记忆的录音机开关"咔嚓"响了一声。

我的祖母从前在静冈市静冈站北口经营着一家供国有铁道公司职工消费的站饮酒馆。十个人便能将店里站满，除去星期一，祖母几乎每天傍晚六点到凌晨一点都穿着罩衣，一直站着工作。吧台里面，年幼的我贴在祖母脚边，眼前满是香烟缭绕的烟雾，耳边充斥着醉汉们的对话和祖母哼的朝气蓬勃的歌谣，就这样慢慢长大。下午四点，祖母走进店里，开始做每日便当。那是给附近的酒馆、脱衣舞剧场和风俗场所准备的外卖。我放学后，回来便将盖好保鲜膜的便当按照便笺上写的配送地址一份份排好顺序。接着把它们装进餐盒，一趟趟配送。

每天夜晚幕色降临前，我要把便当送到闹市上的十多家店铺。"夜汽车酒吧"的老板话不多，有时却会将五百日元的钞票塞进我五分裤的口袋里。脱衣舞剧场的小姐姐们总是十分忙碌。满室灰尘的休息室里强烈的香水味道，如今仍扎根在我鼻子里头。

"小鬼，到这儿来。"有人朝我招手，我走到那位小姐姐身边，就被她扭转了身子。原来那天我匆忙之中，背着学生书包就去送外卖了。她利索地翻开我的书包，从里面拿出课本，叼着香烟啪啦啪啦地翻了起来。

我听见她"嗯？"的疑问声，还以为给她看到了课本被撕得一条条的模样，就没有回头。那阵子我在学校被欺负得很厉害。小学一、二年级，我全身上下不明原因地掉落毛发，头发自不用说，就连眉毛、睫毛也掉光了。因此，全班乃至全校的学生都觉得我很恶心。我害怕妈妈发现我被人欺负，就瞒着所有人不说。儿时的我，似乎总是将自己封闭在担心被妈妈发现的歉疚感中。对在学校没有归属感的我来说，去闹市街送外卖，这一祖母交给我的任务，是那段时期我活着的意义。送外卖时与我一期一会的成年人们，我都当他们是我沉默的朋友。我的后背感觉到那位叼着香烟的小姐姐把课本都装回双肩包。

"你还要去很多家送外卖吗？""……是的。"我小心翼翼地回答道。"那你把书包放在我这儿吧，送完外卖我来教你功课。送完外卖再来一趟吧，我有一个和你一样大的孩子了，看不出来吧？"她说着把粉色长袍往外一翻，给我看她的胸部。

我犹豫着将书包寄存在小姐姐那里，去送下一家外卖。给桑拿店送完当天最后一份便当后，战战兢兢地朝那座脱衣舞剧场走去。从后台休息室门外往里悄悄望去，刚才那位小姐姐已经不见了。

之前送的便当塑料盒被洗得干干净净，摞在门边。我的书包被放在破旧不堪的榻榻米房间里面的梳妆台前。我没脱鞋，在榻榻米上四肢并用，好容易才拿到书包，却在拿到书包那一瞬间被一个又高又壮、体毛浓密的老板抓了个正着。

"嘿，小家伙。去看看脱衣舞吧？""不用了。""哎，去吧去吧。"

他双手托起我腋下，把我带到剧场一侧。如今回忆起来，那是一个不现实的世界，舞台上涌动着粉色的——不，是桃色的灯光。零星坐在台下的观众呼出的香烟烟雾和心中的浓雾将舞台笼罩得像白日梦一般。消毒剂的味道麻痹了我的鼻子，邓丽君的《赎罪》断续破碎地在剧场中回荡。我看向舞台，那位小姐姐正在跳舞，老板从后面推了推我："嘿，从这儿往后去更有看头呢！"菜板秀开始了 [1]。这场表演要从

---

[1] 以前在日本的地下脱衣舞剧场中，会有男演员与女演员当场进行性交的表演，被称作"菜板秀"（まな板ショ　）。

观众中选出一位，到舞台上和舞娘动真格的。十多名观众里，一位上了年纪的老头子举起手来，他被邀请到舞台上。灯光聚到舞台正中央，在小姐姐的引导下，就这样开始了。刚才播放的《赎罪》又一次从头放起。我有生以来第一次目睹这样的场面，主角竟是那位小姐姐和不认识的老爷爷。一嘴烟臭味儿的老板半开玩笑地凑近我耳边："你看，直美还蛮有魄力的吧？对吧？"我却只是呆呆地站在那儿。现在的我模糊地记得，后来自己是开足马力，沿着闹事区昏暗的小胡同跑回酒馆的。

第二天，我走进教室看到桌子又被人头朝下摆着。我和平时一样把桌子摆好，在椅子上坐下。打开书包，被撕得破破烂烂的书页全部用胶带粘得十分平整。我吓了一跳，又拿出其他课本来看。每一本书的每一页，都用胶条粘得好好的，简直严丝合缝。无论翻到哪一页都是如此。在后座的男生蹬翻我椅子的时候，我借力猛地站起来，手里拿着课本站了很久。当时，班里的同学大概都躲在远处，观察着我的举动吧。

恰好在班主任走进教室的时候，我将书本全部塞进书包，跑出了教室。我没命似的往那座脱衣舞剧场跑去，从员工入口走到后台，掀开暖帘，那位毛发浓密的胖老板正在打鼾。

我把他摇醒，询问那位小姐姐的住处。"直美吗？听我说，大人们都是很忙的。她已经去另一个城市啦，生意兴隆！兴隆！"他话没说完就又打了个大大的哈欠，同时还放了个响屁。那时的我尽管还是孩子，却也隐约明白，自己是无法和她说声谢谢了。看到她用过的那张梳妆台，我再也控制不住自己的感情，眼泪扑簌簌地落下。老板定定地看了我一会儿，在椅子上坐下来，没有恶意地将"七星"的浓烟喷了我一身，用力抓住我的肩膀，又放了一个响亮的屁。

我清楚地记得这些无关痛痒的细节，而真正该记得的直美的脸反而在记忆里渐渐模糊，甚至连轮廓都不清晰了。没有灵感。只是一想起这件事，我就习惯性地以为一场离别即将到来。为了忘却这种预感，我再次沉入睡眠。意识明灭之间，有人摸我的脸。我知道，是睡在身旁的薰伸手过来，用指尖拭去了我脸上的泪。

雨下得激烈，风将雨水吹到玻璃窗上，发出哗哗哗的声响。我突然睁开眼睛。

"你还好吗？"她正抚摩着我的脸颊。我握住她的手。她读到一半的文库本摊开放在枕边。

"你在读什么？"我问她。

"中岛罗门的《永远也已过了一半》。"她将那本书藏到枕头底下。"主人公的工作是用电子照相排字机日复一日地给别人打字。和你很像吧？"说完，她把耳朵贴到我平躺着的胸前，有一阵子没有动，"能听见心跳的声音。"

"有很多年，他都一个人操纵排字机，只是一味输入和自己意志无关的文字。"

故事主人公的日常生活和拼命将电视台送来的文稿敲进苹果电脑的我惊人地相似。

"一天，他生病了，依然坐到排字机前。到了第二天早上，竟然发现自己写了一整本小说。""无意识之中写的小说？"我强打精神提问。

"因为他输入的那些别人的文字，全都没有消失，而是遍布了他身体的每一个角落。"

"就像语言的幽灵一样啊。"我脸朝着天花板说。她则继续把耳朵贴在我胸口说话。

"你的身体里，也一定有许多文字没有消失吧。"

"我身上什么都没有。"也许最不相信这个判断的人，就是我自己。心脏的搏动、雨声和她的呼吸声重叠在一起。"没关系的。"她说。

"你这样有趣的人，是不要紧的啦。"

分不清到底是她抱着我，还是我抱着她，我们两具身体紧紧贴合。窗外一阵烈风袭来，整间屋子似乎跟着摇晃起来。

"这天气好像世界末日似的。"

她说着缓缓起身，把手放在以前从未开过的房间窗户上，用力推开窗户。窗外什么也没有。

"原来这里不通向任何地方啊。"

她的手摸到钉在窗外墙上的三合板，"嘿嘿"地笑了。

真正再见的时候，人是不会对彼此道别的。

再见的时候，我们既不会说出需要加粗显示的名言，也不会搞出让人拍手称快的小插曲。等待我们的只有不通向任何地方的结局。我们打不开这个死结。她留给我几个问题，就这样消失不见了。

所谓的"一直"，到底是什么？为什么要去远方？"喜欢的人"是什么？

这些问题死在我心里，没有随风逝去，而是像幽灵一样，事到如今依然萦绕着我。于是她说："喏，等雨停了，好想去买奶油蛋糕啊。"

工作量加速增长，有关金钱的话题也成几何倍数增长。人们常说我打交道的人、认识的人多，并以此作为称赞我的理由。我一说起女朋友，对方总会反过来问我："可爱吗？年轻吗？她是做什么的？是巨乳吗？"我一向无法向人说清楚她的魅力，尽管这种事情没必要解释清楚，但每当对方将她贴上"无固定工作的丑女"的标签时，我还是会感到难过。我渐渐不再和别人提起她。事到如今，她推荐给我的音乐我仍然在听，她推荐给我的作家出了新书，我也必定去买来阅读。人在港区六本木，我仍然想念那个暑热的国度，是受到在仲屋梦幻堂工作过的、喜欢印度的她的影响。她在我心里超越了朋友，也超越了女友，是唯一一个我喜欢她比自己还多的人，是接近于信仰的存在。对我影响最深的人，不是战国武将，也不是某位艺人或艺术家，而是中等身材、三白眼[1]、有特应性皮炎的那个可爱的丑女人。

---

[1] 指因为瞳仁很小或位置不正，导致眼睛中不仅瞳仁两侧会露出眼白，就连瞳仁上或下都露着眼白。

_就像早晨一定会变成夜晚

上班时间过后的中目黑车站依然人流如织。车站旁边的站食荞麦面店，也迎来了当日第一波高峰。

　　关口瞥了一眼表，自言自语似的嘟囔起来："说句不好听的，那些出色的人啊，你不觉得他们是踩着别人的肩膀上去的吗？"

　　"是吧。"

　　"我啊，反而是更尊敬那些自我毁灭的人呢。"

　　各形各色的人在我眼前走近了又走远，规矩地踩着人行横道线过街。下一任选举的候选人在调试早晨演讲用的扩音器。一位老人逆着风朝车站移动的人流缓步而行，在人行道上走到一半时，又回过头来站定，仰望天空。

被我用 LINE 告知今天休假的助理发来消息说："我让常去的那家咖啡厅的老板帮我们保管资料了，拜托您明天无论如何也要确认！"六本木那家咖啡厅已经关照了我二十年，我几乎快要把它当成会议室来用了。我回信给助理："之后我会过去取的。"

雨停了。风也停了。看样子不能再拖下去了。

我们从开始的那一刻起，就注定了有一天要分手的命运。就像夜晚过去一定会迎来早晨，早晨过后，夜晚也终将到来一样。只是没人知道，那所谓的"必然"是会出现在今天，还是明天，抑或是二十年后。

调频收音机里播出一首进行曲，我不知道作曲家来自哪个国家，不知道他的姓名，之前也没听过这首曲子。中目黑的人流与车流共同汇就的喧嚣，愉悦地混入这首乐曲中。

"那么再见啦。"为了不让气氛显得凝重，我故意轻快地这样说。关口却吐出一大口烟，大煞风景地用浪漫的语调开始讲话："明明与那么多人打过照面，竟然没能和任何一个人在一起啊。"

"我说，你知道吗，国会图书馆里藏有全日本所有的出版物。从文艺杂志到漫画，再到色情杂志，应有尽有。""你不是不读书吗?"关口无视我的吐槽,继续说着,"也就是说,那里已有的藏书数量就算我们再活五十年,每天读一本书也读不完。另外,世界人口已经超过七十亿,此时此刻仍在不断增长。就算我们还能再活五十年,也没有时间和世上所有的人一一问好。今天我们能见面,你不觉得这是个奇迹吗?"

没错,正因为关口是这样性格的家伙,直到今天我才都能待在同一个地方。

"你要给我活下去哦。"

关口笑着推开车门,说话的时候一只脚已经迈了出去。

"你保持现在的样子就很好。不过,如果你失败了,我喝起酒来还会更香。所以,挑战一把吧。"

车载收音机里播放着AKB48[1]活力四射的最新歌曲。凉爽的风吹进车里。

"到时候我会来接你的。那里可真是爽呆了,泰国。"

关口回过头,一只手冲我比着胜利手势,另一只手大力地关上车门。

他转身,径直从路口那里过了马路。人行横道上许多人

---

[1] 日本大型女子偶像组合,成立于2005年,拥有数个姐妹组合。

来来往往，关口没有回头，就这样被人潮淹没，身影不多时就消失无踪。

"我们去哪儿？"司机问我。我的手机没电了。"我去那家咖啡厅选稿子，就坐电车去了。"我也大力打开车门，朝检票口径直走去。

_Back to the No future

那家咖啡厅在西麻布十字路口前面的住宅街上，外墙被爬山虎裹得严严实实的。这儿的咖啡让我这个疑似贫血的人也喝得十分愉快，因此成了我约人见面时的必选。"嘎吱"一声推开店门，先点了一杯混合咖啡。"给，这是寄存在我这里的那份资料。"店主和我打了个招呼。"啊，不好意思。"我朝他鞠上一躬，接过装有资料的信封，从中间取出文件哗啦啦地翻着确认。看来至少在明天中午之前是来得及做完的。

　　咖啡端上来后，我不小心放多了糖。随意给手机连上电源，手机发出自动开机的提示音，我喝下一口甜糊糊的咖啡，打开脸书。

系统通知我，薰接受了我的好友邀请。我拿着手机的左手汗津津的。

我用眼角的余光看到店主放下唱片播放器的唱针。坐在吧台角落的那位身材瘦削的西装男人点燃一根香烟，Zippo打火机发出令人心情愉快的金属声。音乐在店里响起，香烟的烟雾扩散到屋子的每一处角落。这股甜香一定不是日本烟。店门又“嘎吱”一声被推开，店主的儿子背着书包跑了进来。身材瘦削的男子狠狠吸了一口烟，再噘起嘴巴，优雅地吐出来。我听见自己扑通扑通的心跳声。这胸口的疼痛让人熟悉。店主的儿子看见我，满脸都是笑容。我把目光收回到手机屏幕上。她没有其他的动作。我一口气喝干放足了糖的咖啡。“男人总想和过去的自己聊聊，女人则忙碌于自己的未来。”——想在推特上写这样一句主语庞大的碎碎念。我用湿巾擦了擦手，关掉了脸书。

说自己想当演员的女孩又发来LINE，只有一张黄昏时候的相片，没有文字。只有天空和街道，一张毫无指向意味的照片。她发来的这朵橙色的云刚刚被标为已读，就进来一通LINE电话。

“喂喂，你能听见吗？”电话那头有车站纷乱的声音。“能听见的。""我啊，也站在自己的角度上，想了想。关于我的'意大利面'。""什么？那个，我啊，我也说了谎。对不起啊。"我默默听着她的告白，"我妈妈虽然不是什么好人，毕竟一手把我们兄妹养大。在我这么大的时候，把我生了下来。""嗯。""我啊，我啊，其实不是想当演员。我的梦想，是做个好妈妈。是不是很无聊啊？""这怎么会无聊。""谢谢你。"她身后传来电车的声音，几乎快把她的声音盖过去了，"发那张天空的照片，真对不起。突然就发给你了，照得也不好看，对不起啊。""不，没关系的。""还有，我呢，叫'斋藤千寻'，我的名字。"我想，我至少得搞清楚，自己已经没有再一次和她拥抱的热情了。于是，我没有作声。"再见。"听筒中传来不知是哪一站的站内广播，紧接着电话就断了。

咖啡厅店主的儿子在楼梯上来回跑。这小孩看我面熟，就坐到我腿上来。"你为什么难过？"他一边往我身上贴《好饿的毛毛虫》的贴纸，一边问我。"我没有难过啦，是在想事情。"我将贴纸贴回他的脸蛋上。

这阵子，我似乎已经好久没有听过谁谈论自己的梦想了。我任由孩子坐在膝头，拿起空了的咖啡杯送到嘴边。那一刻，记忆像开了闸的洪水，我立刻想起和她在 Laforet 原宿第一次见面后，夜晚的那一幕场景。

那天，我们想约对方下次再见，但都不太好意思。组织好语言之前，就这样站在纷乱的人潮之中。

"那么，嗯，我要往这边走了。"她慢吞吞地说着，有些开玩笑似的学着迈克尔·杰克逊的太空舞步，倒退着走去。我们的距离一点点拉大。

"那……那个……"她又一次开口。

"哎！"我以大得离谱的音量回答。

"那个，你今后有想过要做什么吗？"

"今后……"

那是在那一天、那一刻，她问出口之前，我一直尽全力回避的问题。

"我嘛……今后，想成为设计 Laforet 原宿海报的人。我今天是这么想的。"她边说边指着 Laforet 原宿门口贴的那张大海报给我看。

"嗯，我呢，是哦，我嘛……"不经意间，放在原宿十字路口，用来放电视节目宣传片的巨大屏幕映入我眼帘。

"我想做与影像相关的工作。做那种大家都愿意看的东西。"说着，我指了一下那块巨大的屏幕。

"这个想法真棒。"

"是刚才想到的。"我说完一笑。她也笑了："我也是今天才想到的。"

"一年之后不知道会怎样，到时候还想跟你聊聊。"

"两年后就不想和我聊这个了吗？"我告诉自己，这不是害羞的时候，于是鼓起勇气说。

"那三年后也要聊一聊。"她又"嘿嘿"笑着说道。夜晚的风有点大了，我们的距离又渐渐拉开，人行横道对面的信号灯变绿，她将手放在腰间的位置，小幅度地摆了摆手。我也尽量不太明显地朝她挥手，各自走出去一段距离，回过头来眼神交会，朝彼此鞠了一躬。

初次见面那天，我们主动把伤口给对方看，装模作样地谈起梦想。人生真是不可思议。谁料到我今后真的一本正经地做起这个梦来。现在想一想，说不定是因为我唯独不想对那时的她说谎吧。

店主将小男孩从我膝盖上抱走，问我是否需要再来一杯咖啡。"不用了，我这就走了。"我将五百日元硬币放在桌上，"啪嗒"一声推开门走了出去。

我边走边打开推特，浏览时间线。

有一条推特的内容是"坐在新宿的路旁护栏上望天"，收到这条消息的德岛咖啡店老板回复："今天晚上好像可以看见流星雨群呢。"一位住在琦玉，喜欢做爱的女孩自言自语："流星雨群？我来谷歌一下。"北海道的一位主妇接着回复："我这里下雨，今天真是太倒霉了。深呼吸。"这是一个打开手机就能确认未曾谋面的人是否还活在这个世界上的年代。就算有些事情还是不知道为妙，还是动动拇指就能查得一清二楚。我就生活在这样的年代。

有人发牢骚、有人很兴奋、有人怒吼、有人撒娇。每个人都窥视着这个宽广的世界，推开单手就能关上的窗，试图在窗外寻得满足。那里有时让我感到呼吸突然局促，感受到隐形而不讲道理的规则，并让我垂下双眼于那个无法与自己分享的平行世界。不过，每个人还是闪着微弱的光，以告知大家"我在这儿"。无论交流方式怎么改变，我们依然害怕孤独。从一等星到六等星，亮度和大小虽然各有不同，但我深深觉得，所有人都害怕孤独，所有人都大喊着，想要更快、更深地与外界产生联结。

圆山町那条坡道中间，靠近神泉的位置有一家只以便宜著称的情人酒店。那里曾经是我唯一的避风港。

在情人酒店的房间里和她一起度过的时光，是世上只属于我们两个人的时光。

曾有一个下大雨的夜晚，无处安放的不安令我颇感困扰，我从没有旁人的办公室给她拨去电话。"我很害怕，觉得这份工作似乎没办法一直做下去，怎么办？"面对我一味地倾诉，她只是"嗯、嗯"地聆听。确实有过这样的时候，只因为这个我喜欢她胜过自己的人一句毫无根据的话，我就能撑过难熬的夜晚。

手机短促地响了好几次。我开始怀疑自己的眼睛。她，"小泽（加藤）薰"，正以非同寻常的频率在我的页面上操作一些什么。打开通知栏，已经有一连串的"不喜欢"，并且还在不断增加。

名人和我的并肩合照，和熟悉的 IT 业社长们一起跳《恋爱幸运曲奇》[1] 的视频，庆祝宴上年轻员工给我的惊喜香槟塔……这些动态全被她打上了"不喜欢"的标志。见识到她的活跃，我不禁松了口气，同时又一次意识到自己已疏于打理空间页面太久。在公司第十四年的时候，突然接到给

[1] AKB48 的歌曲。

Laforet 原宿制作活动海报的任务。完工后，我和朋友在做好的海报前合影——她只给这一条动态点了赞。我有无数次想回复她一些什么，最终却没能按下发送键。

日子总在不断成为过去，此时此刻也不例外。如今放下一切的她，和仍在上下求索的我，要面对的都是未来，而不是过去。无论多么狼狈，"大人的阶梯"都只能一味地向上攀爬。原本打算在舞台上装傻充愣的我，从栏杆的间隙往下看，才发现自己已经爬得很高，脚下一片云雾缭绕，看不清来路。

雅虎新闻首页报道，近期将限量生产三百辆电影《回到未来》中的德劳瑞恩汽车。如果我现在坐上德劳瑞恩，一定会输入"1999 年 7 月 22 日"，再写上"AM6:30"，然后踩下油门。目的地是涩谷，圆山町坡道中间。我会在那里从喷着火的德劳瑞恩上跳下来。

走进漆黑的房间，不知是早晨还是中午，一股搞不清自己在哪儿的错觉袭遍全身。约翰·列侬的《伴我同行》在房间里低声流淌。她梳妆打扮，用吹风机吹着头发。我换完衣服，像往常一样赖回床上。她说着"啊，等一下，等一下"，跑进厕所。

有那么一瞬，我无论如何想要问问她。从脸书上看，那时的她毫无疑问已经遇上了现在的丈夫。那一天我们约会买完唇膏，她说："下次带 CD 给你哦。"我想知道那为什么会成为我们的大结局。

我趴在床上，看了看床头柜。她的手账里隐约露出一张卡片。我的好奇心无法自抑，将卡片"唰"地抽了出来。那是一张生日卡，上面写着一个我不认识的人名——"小泽先生"。然而她的落款却不是我所熟悉的"薰"，而是"夏帆"。我听到冲厕所的声音，慌忙将手账放回原处，却插不好卡片，结果整本手账从床头柜上掉了下来。我慌忙将卡片拾起，只将它塞进她的大衣口袋里。

日比谷线列车发出激烈的刹车声，滑进六本木车站。踩在白线上的上班族朝后退了退。车轮碾轧过铁轨的声音，和那天在酒店听到的风雨声协同了节奏，心跳开始有力地鼓动。日比谷线列车从我眼前驶过。

结实压在我心最深处的记忆封印，被那阵狂风吹散了。

那一天，我确实看到了"夏帆"二字。

"还有，我呢，叫'斋藤千寻'，我的名字。"分别之际，那个女孩的话又在我耳边响起。薰是否也曾流着眼泪，对那个后来成为她丈夫的、名叫小泽的男人说过这样的话？"我的名字其实叫'薰'，是平假名的'かおり'[1]。"而那个男人，是否会以拥抱她到生命尽头的热情，回报她的告白？

许多上班族和外国人、年轻夫妇在六本木的站台擦肩而过。

"你这样有趣的人，是不要紧的啦。"

每通电话的最后，她都会这样说。我这样一个跑腿儿的，没有学历、没有一技之长，甚至没有被社会接纳为其中一员的烂人，她却认可了我。那些日子里，多亏她每天跟在身后，承认我这号人的存在，我才感到自己活着的价值。应该说，任我怎么努力也不起波澜的每一天，多亏了从她那里得到活着的意义，我才能在东京这座城市挣扎着撑过来，直到如今。

而在 1999 年，我和加藤薰分手了。准确地说，是她残酷地把我甩了。我们在脸书里重新取得联系，一定是为了让我对她说出当年没能说出的话。

我坐在站台里的长椅上，点开脸书。正要给她发消息，

---

[1] 日本人的名字有时只用日文假名表示，没有对应的汉字。本书女主角的名字写作"小かおり"，为方便理解，将"かおり"译成了"薰"。

屏幕上跳出一条通知:"今天是'小泽(加藤)薰'的生日!"

马克·扎克伯格这个男人,真是个不解风情的家伙。我把手机放进裤子后面的兜里,决定先去坐下一班地铁。

就快到退房的时间了。我趴在皱巴巴的床罩上,回顾今天发生的事。盖上她脱下来扔在床上的大衣,隐约闻到她的体香。

从六本木大道旁边一条小路里的酒店朝外看,东京的夜景很美。有段时间没和七濑一起吃牛奶海鲜方便面了。和关口初次见面时他比出的胜利手势。和她在 Laforet 原宿结下的约定。拥挤的人群。1999 年地球没有毁灭。她也没有做过 Laforet 的海报。我还想再喝一杯丝调的金瑞奎。满天繁星照耀下的恒河上浮着一叶扁舟。圣诞节灯饰装点的六本木十字路口。只能被那个目光锐利的男人看见了的我。每一页都用透明胶带固定住的课本的手感。风俗街的霓虹灯光反射在天花板上,留下飘忽的美。新宿黄金街落下的安静的雨声和再也回不去的清晨。在围栏上打闹的午夜时光。日本第一支南极观测队。近乎于信仰的存在。喜欢她比自己还要多的人。再也无法相见的人。日比谷线在黑暗中挺进。世界人口已经超过七十亿,此时此刻仍在不断增长。就算我们还能再活五十年，也没有时间和世上所有的人一一问好。你不觉得我们的相遇是一个奇迹吗？

不知什么时候，她从厕所出来说："变态，走啦！"我很怀念她的声音。积了灰尘的床单的味道勾起我的回忆。我缓缓起身。眼泪快要流下来了。她开心时反而会让人感到悲伤的心情，我总算懂了。你的心思我总算懂了——我想转过身告诉她这一切。

就在这时，她"啪嗒"一下子从背后抱住了我。

从眼角的余光里我看到了拉森的拼图。空调和以前开得一样过大。背上感受着她的体温。浓郁的芳香味道掠过我的鼻子。她双手紧抱着我。黑暗中，地铁刺眼的车灯驶近了。

她和往常一样说道："哎，好想和你一起去海边啊。"

我目视着前方，对她说："谢谢你。再见啦。"

此时，前台打来电话，提醒我退房的时间到了。

图书在版编目（CIP）数据

原来我们都没长大 /（日）燃烬著；烨伊译 . — 北京：北
京联合出版公司 , 2018.10
ISBN 978-7-5596-2569-4

Ⅰ . ①原… Ⅱ . ①燃… ②烨… Ⅲ . ①长篇小说 – 日
本 – 现代 Ⅳ . ① I313.45

中国版本图书馆 CIP 数据核字（2018）第 223873 号

BOKUTACHI WA MINNA OTONA NI NARENAKATTA
By Moegara
© 2017 Moegara
Original Japanese edition published by SHINCHOSHA PUBLISHING CO., LTD.
Chinese (in simplified character only) translation rights arranged with
SHINCHOSHA PUBLISHING CO. through Bardon-Chinese Media Agency, Taipei.

著作权合同登记 图字：01-2018-6350

原来我们都没长大

作　　者：〔日〕燃烬
译　　者：烨伊
责任编辑：楼淑敏
特约监制：赵 菁 单元皓
装帧设计：几何设计
版式设计：COMPUS• 汐和

北京联合出版公司出版
（北京市西城区德外大街 83 号楼 9 层 100088）
天津旭丰源印刷有限公司印刷 新华书店经销
字数 91 千字 880 毫米 ×1230 毫米 1/32 6 印张
2018 年 12 月第 1 版 2018 年 12 月第 1 次印刷
ISBN 978-7-5596-2569-4
定价：42.80 元

OWL 猫头鹰

阅读，认识你自己
Lege, temet nosce